◆◆ 中国文学名家散文精选丛书

# 熬过无人问津的岁月

韩夏明　韩宏昌　著

江西高校出版社
JIANGXI UNIVERSITIES AND COLLEGES PRESS

南　昌

## 图书在版编目（CIP）数据

熬过无人问津的岁月 / 韩夏明，韩宏昌著 . -- 南昌：江西高校出版社，2025. 6. --（中国文学名家散文精选丛书）. -- ISBN 978-7-5762-5618-5

Ⅰ . I267

中国国家版本馆 CIP 数据核字第 2024HT0389 号

责 任 编 辑　甘崇祥
装 帧 设 计　夏梓郡

---

出 版 发 行　江西高校出版社
社　　　　址　江西省南昌市新建区工业二路 508 号
邮 政 编 码　330100
总 编 室 电 话　0791-88504319
销 售 电 话　0791-88505090
网　　　　址　www. juacp. com
印　　　　刷　鸿鹄（唐山）印务有限公司
经　　　　销　全国新华书店
开　　　　本　650 mm×920 mm　1/16
印　　　　张　13
字　　　　数　160 千字
版　　　　次　2025 年 6 月第 1 版
印　　　　次　2025 年 6 月第 1 次印刷
书　　　　号　ISBN 978-7-5762-5618-5
定　　　　价　58.00 元

---

赣版权登字 -07-2024-1023

# 心灵的咏叹调

——散文随笔集《熬过无人问津的岁月》序

  我还是一名中学生时就认识韩夏明，他自小喜欢文学。大学时，读的是汉语文学专业，活跃于学校文学社，还担任班里团支部书记。他对文学的喜爱，简直是如痴如醉。他笔耕不辍，一篇篇文章如花般绽放。大学毕业后，尽管工作繁忙，但他对文学的热爱之火熄灭，只是没有什么时间搞文学创作了。他大学时老师赠送的那支笔一搁就是好多年。后来，在我的鼓励下，他再次拿起笔重新写作。我欣喜地看到他的文学作品在各地报刊频频出现。如今，他推出这部散文随笔合集，嘱我写序，我欣然接受。

  《熬过无人问津的岁月》这个书名好，充满励志色彩。它提醒人们在孤独艰难时不要放弃，每一段无人问津都是成长的磨砺。它激励着读者勇敢面对困境，坚信只要坚持，终能熬过黯淡时光，迎来属于自己的辉煌，给予奋斗者前行的力量。

  这部书内容丰富多元，情感与哲思深度交融。亲情与友情，是这部散文集的开篇华章，为全书奠定了温暖的情感基调。在现代快节奏生活中，书中的亲情如同一股清泉，滋润着人的心田，提醒着人们重新审视亲情的表达方式和价值内涵。《潺潺的父亲河》写如山的父爱；《卖雪条的母亲》写艰难岁月里，身为局长妻子的母亲，没有正式工作，不顾世俗偏见，自己上街卖雪条，赠钱养家。

  在《故乡的鱼灯》中，韩夏明通过对故乡鱼灯这一传统民俗的描绘，传达出对传统文化的深深眷恋与传承之意。文中多次描绘出家族团聚、共享欢乐的美好画面。从爷爷精湛的编织技艺到姑婆、丈公慈祥的教导陪伴，一个个细节饱含浓浓的亲情。这种对亲情的描绘，让读者深刻感受到，家是心灵的港湾，亲情是支撑我们前行的强大力量。在此文中，鱼灯不仅是故乡的手工艺品，还是家族情感的凝聚与传承的纽带，承载着百姓对风调雨顺、五谷丰登的美好祈愿，历经岁月的沧桑变迁，在时代的浪潮中顽强地传承至今。

韩夏明对童年时代故乡温馨场景的怀念，反映出对过去那种质朴、纯粹生活的向往，也体现出长辈们在文化传承中的关键作用。正是辈们的以身作则，将文化价值观、优秀传统技艺等传递给下一代，我们的传统文化才能代代相承。

"星辰轨迹"辑，韩夏明以古今中外名人为素材，挖掘他们背后成功的艰辛历程和坚韧不拔的精神品质。这些人物涉及各行各业，时间跨度极大。从西汉史学家司马迁，到出生于2007年的奥运跳水"三冠王"全红婵；从开国领袖毛主席到诺贝尔奖得主屠呦呦、数学家华罗庚、企业家任正非及俞敏洪等，他们曲折的人生经历，百折不挠的奋斗精神，给予读者精神上的引领。

每一个名人故事都是一部生动的教材，韩夏明通过对名人经历的深入剖析，传递出一种积极向上的力量，读者从名人身上汲取智慧和勇气，去勇敢地追求自己的梦想，克服人生道路上的重重困难。如《熬过无人问津的岁月》中的姜子牙，出身低微却胸怀大志，在困境中不断探索、坚守信念，最终成就一番伟业，诠释了"宝剑锋从磨砺出，梅花香自苦寒来"的道理。

"文海泛舟"仿佛是一场文学与心灵深度交融的盛宴。韩夏明广泛阅读，触动其心灵的文学作品，便写下阅读时的感悟感受，分享自己在阅读过程中的心灵悸动。如对诺贝尔文学奖获奖作品《素食者》的赏析——《尘世镜像中的灵魂独语》《在路遥的文字世界中汲取力量与温暖》等。他对《鹭舞红树林》的赏析，不仅深入解读了作品中所蕴含的生态理念、文化内涵以及作者的情感表达，还通过细腻的分析让读者更好地理解文学作品的魅力所在。如同一位经验丰富的导游，引领读者穿梭在文学的奇妙世界里，领略不同作品的风格、主题和艺术价值。这种解读激发了读者对阅读的热爱和对文学的向往，促使更多人去探索文学的海洋，感受文字背后的力量。

韩夏明喜欢旅行，用脚步丈量祖国的大好河山，将旅途中的所见所闻、所思所感化作优美的文字。在"山河无恙"这辑，这些散文像是一张精美的明信片，将各地的风土人情淋漓尽致地展现在读者眼前，带领人们领略祖国的大好山河。从北京的香山红叶，到南国的将军林，都充满了对大自然的敬畏与热爱之情。在写城市的散文，如《与赤坎的时光之旅》时，既展现了城市的历史变迁和文化底蕴，又体现出在时代发展浪潮中城市所焕发出的新活力。

旅行类散文不仅让读者领略到各地的风土人情，更引发人们对自然与人文关系的思考，激发人们对祖国山河的热爱之情。同时也鼓励读者走出家门，去探索未知的世界，感受旅行带来的心灵洗礼。

青少年时期无疑是人生中的重要阶段，世界观、人生观、价值观在此阶段形成，它犹如一幅绚丽画卷的底色，奠定了人生的基调。令人惋惜的是，有些青少年却在这一关键时期走上迷途，辜负了美好的韶华。在"韶光警世"辑，一个个生动的故事、鲜活的案例，让读者深切感悟曾经被浪费的时光是多么珍贵，告诫年轻人要珍惜学习的机会，莫让青春留下遗憾。"那些青春故事里的遗憾与悔恨，更让我们深知珍惜当下、把握时光的无比珍贵。"此辑深刻揭示时间的宝贵，激励着年轻人以昂扬的斗志积极向上，为自己的璀璨未来努力拼搏，书写无悔的青春篇章。

这部散文集独具匠心，仿佛一位技艺高超的魔法师，用文字变幻出奇妙的世界。

细腻入微的描写是其一大亮点。作者们善于捕捉生活中的细微之处，将其转化为生动的文字画面。如《故乡的鱼灯》中对丈公的描写："丈公的手跟我爷爷一样巧，那些长长的竹篾在他的手里舞动，像女人织草席般顺溜。我好奇地问这问那。丈公很慈祥，一边编织一边笑呵呵地回答我的问题。"通过对丈公动作和神态的细致刻画，一个慈祥、手艺精湛的长辈形象跃然纸上。

在描写自然景色时，同样细腻动人。运用修辞手法，让描写更生动，使读者有如临其境之感。《龙象塔下的时光印记》中对邕江景色的描写极具特色："远处的邕江犹如一条银色的丝带，蜿蜒流淌，在阳光的照耀下闪烁着迷人的光芒。那波光粼粼的江面，仿佛无数颗璀璨的宝石，熠熠生辉。"从修辞手法上来看，韩夏明巧妙运用比喻，将邕江比作银色丝带，形象地描绘出邕江的形态，让我们仿佛看到江水轻柔、绵延的样子。把波光粼粼的江面比喻成璀璨宝石，生动地展现出阳光照耀下江面光芒闪烁的迷人景象。在描写角度方面，着重从视觉入手。先从远处整体感知邕江如丝带般蜿蜒的宏观形态，给人一种舒展、开阔的视觉印象；接着拉近视角，聚焦到江面闪烁的波光，呈现出微观的、细腻的视觉效果。这种由远及近、从整体到局部的描写方式，层次分明，使读者一步步走进画面之中，全方位领略邕江景色的魅力，给人留下深刻而鲜活的印象。通过细腻的笔触和独特的视角，将邕江的美生动地展现出来。

引用典故和名言警句也是本书的一大特色。在讲述名人故事时，引用历史典故能够增强故事的真实性和可信度。在描写姜子牙的故事中，引用当时的历史背景和相关典故，让姜子牙的形象更加丰满立体。而在表述一些观点时，引用名言警句能够起到画龙点睛的作用。

这部散文集，是一部凝聚着智慧与情感的佳作，它有着深刻的思想内涵和独特的艺术魅力。它让人们在阅读中感悟人生的真谛，汲取智慧与力量，思考未来的方向，沉浸于文字所构建的美好世界中。相信翻开此书的读者，能从中获得心灵的滋养与启迪，收获那份温暖、力量与希望，在岁月的长河中留下深刻而美好的印记。

（陈华清，中国作协会员、广东湛江市作协副主席，已出版文学作品 20 部）

# 目 录
## CONTENTS

第三辑
文海泛舟·作家心语共鸣

第四辑
山河无恙·旅行中的灵魂之旅

第五辑
韶光警世·错失的墨香年华

# 第一辑

# 情深似海·亲情友情的温暖篇章

　　在人生的旅途中，亲情与友情如同温暖的阳光，照亮我们前行的道路。本辑描绘了父亲、母亲等亲人的形象，以及那些走过风雨的友情故事。这些文字如同涓涓细流，缓缓淌入心田，让人们在忙碌与喧嚣中感受到家的温馨与朋友的力量。

# 故乡的鱼灯

我的故乡在雷州半岛，濒临北部湾。小时候，爷爷织箩筐、簸箕时，我总爱蹲在旁边看。箩筐、簸箕是用藤条、竹篾等制作，不是巧手很难织成。我爷爷是一个编织高手，一个小时就能织几个簸箕。他织好簸箕，往往顺手织一个鱼形的玩具给我，说放上蜡烛，糊上纸就是一盏鱼灯。

鱼灯是干什么的？和照明的灯笼一样吗？面对我的问题，爷爷笑而不语。妈妈则说，北坡圩姑婆家，每年初三一定织鱼灯。我便央求她带我去看看。

年初三，妈妈把准备好的猪肉、大饼、木叶搭等东西放在一个大箩筐里，把大阉鸡放进一个小竹篮里，还有大蒜、米。那时家穷，没有自行车之类代步工具，妈妈就用扁担挑着大箩筐、小竹篮和我走路去北坡圩姑婆家。

我村距离北坡圩有几公里，妈妈挑的担子一边重一边轻，很辛苦，有时我帮她挑。姑婆家住在狭窄的圩尾。一路上，我看见圩里家家户户都在织鱼灯，很是热闹。

到了姑婆家，见到姑婆和丈公正在织鱼灯，我便叫道："姑婆好！丈公好！"问好完毕，我马上跑到姑婆和丈公织鱼灯的地方，兴致勃勃地拿起一个模型观看。

丈公的手跟我爷爷一样巧，那些长长的竹篾在他的手里舞动，像女人织草席般顺溜。我好奇地问这问那。丈公很慈祥，一边编织一边笑呵呵地回答我的问题。他还给我讲解织鱼灯的步骤。在织鱼灯之前，先浸泡好竹篾，备好糯糊、铁夹、纱布、纸、颜料等，然后按鱼身大小比例扎鱼形骨架，缠上纱布，用糯糊粘贴纸张，再用颜料在纱布、纸上画上鱼鳞、鱼鳃，点眼睛和装饰的画，最后把一小节蜡烛固定在里面，封上口，一盏鱼灯就完成了。

没想到，一盏小小的鱼灯，编织起来那么复杂！我十分感兴趣。

"丈公，我也要织鱼灯，您教我吧！"

"阿明真是一个好学的孩子！"丈公笑道。他脸上的皱纹像鱼灯的竹篾，纵横交错。

丈公先示范给我看，再手把手教我，一再提醒我小心竹篾。

我的手被薄薄的竹片割流血了，姑婆给我包扎好后，叫我跟她的孙子去圩里面玩，别织鱼灯了。我不肯，一定要学着织。

那天，妈妈在姑婆家吃完午饭就要回家，我不肯跟她回去，赌气说要织好一盏鱼灯再回去。姑婆就叫我留下来。

我好不容易织好一盏鱼灯，但怎么看都像挂在墙上的干鱼，毫无生气。我不气馁，继续学织。终于，我织的鱼灯像一条活鱼了。

正月十五元宵节，我又去北圩姑婆家。因为，游鱼灯活动在这天举行。

早上，圩里的人按习俗先到华光庙、白马庙、土地庙拜神。到了晚上，随着"咚咚咚"的锣鼓声和"噼里啪啦"的鞭炮声，人们穿着好看的衣服，举着鱼灯前往圩广场集中。

我也举着自己做的鲤鱼灯，跟着姑婆、丈公和他们的孙子孙女来到广场，模仿大人舞动鱼灯，耍"鱼灯舞"。圩里挤满十里八村的村民和外地游客，带有鱼灯的人排成队等候。等到从广场出来的队伍游过来，人们便自动加进去。队伍越来越壮大。鱼队高举的鱼灯，烛光闪闪，远远望去就像天上的星星在闪烁。什么鲤鱼跳龙门、金鲤吐水、龙鱼出海、锦鲤摆尾等，多姿多彩，令人眼花缭乱。在煤油灯时代的夜晚，在缺少文化生活的静谧乡村，这游鱼灯，显得格外璀璨夺目。

姑婆告诉我，北坡游鱼这古老的习俗有好几百年了，代代传下来。传说鱼会化龙，而龙是管雨的。以前北坡十年九旱，老百姓为了风调雨顺，五谷丰登，希望游鱼灯时通过龙王引来充足的雨水，获得好收成。这个传统是在清朝康熙皇帝时形成的。

上个世纪，北坡游鱼这一传统节目渐渐式微。那些年，每到正月十五，我都会去北坡圩走亲戚，探望姑婆一家，但再也没有游鱼灯了。我很失落。

改革开放的春风吹得神州大地生机勃勃，许多优秀的传统文化也枯木逢春。沉寂多年的北坡圩游鱼活动也在春风中焕发生机。由于政府搭台、推动、扶持、保护，老艺人吴健明、杨松等人重操旧业，把游鱼灯活动发扬光大。北坡游鱼现在已有第六、七代传承人了。

现在的北坡鱼灯，在原有的基础上，与时俱进，对鱼灯做了改动。比如，以前在鱼灯里放蜡烛，容易发生火灾，现在改为电池灯光；以前只是编织游鱼，现在增加了虾、龙、青蛙、生肖等，有 100 多种。以前的游鱼，鱼灯舞，又叫作鱼龙舞。

在政府、群众合力推动下，北坡圩的鱼龙舞从村道小巷"舞"出湛江，"舞"向全国，成绩显著：2013 年参加第十一届山花奖民间灯彩大赛获得银奖；2016 年参加第六届成都国际非物质文化遗产节；2017 年入选省级非物质文化遗产代表性项目名录，等等。

这一年的元宵节，我又去北坡圩探望老姑婆，晚上自带鱼灯参加圩里的鱼龙舞。中国人最大、最热闹的节日是春节，而北坡圩最隆重的是元宵节的鱼龙舞。无需通知，圩里外出工作、打工的人这一天都会回来，亲戚朋友也来参加。大家带上自己制作或是购买的"鱼龙"，在元宵之夜与众人舞起来。这情形跟我小时候看到的差不多。现在，人更多了，灯更加好看了，更热闹了。

鱼灯舞这般繁华热闹，可惜丈公看不到了。老姑婆也走不动了，只是听我们讲如何的热闹，好看。

人到中年的我，依然像小时候耍鱼灯一样兴奋。看着夜色中的鱼龙舞，我想起南宋词人辛弃疾的《青玉案·元夕》：东风夜放花千树，更吹落，星如雨。宝马雕车香满路。凤箫声动，玉壶光转，一夜鱼龙舞。蛾儿雪柳黄金缕，笑语盈盈暗香去。众里寻他千百度，蓦然回首，那人却在灯火阑珊处。

文化是一个国家和民族的灵魂，没有对优秀传统文化的传承和发展，就没有今天的"一夜鱼龙舞"的美妙。

# 潺潺的父亲河

穿过杂生着土山竹的竹林，晃过沟沟坎坎的田埂，淌过依然清澈的小河，父亲拄着拐杖，到种满油加利树的瓦窑岭"住"下了。

土山竹黄了，我高喊：山竹好甜呀，爸爸下来吧！

父亲没有理睬。

小河里的水变少了，我呼叫：有好多鱼虾啊，爸爸您最喜欢了！

四野一片寂静。

不管我怎么呼唤父亲，他永远不会回应我了！

我独自坐在村边的小河旁，回忆着父亲与这条河的深情。

父亲生长在雷州半岛的这条村庄，喝着这条河水长大。他说，这条河是全村人的生命之河。小时候，他家很穷，有上顿没下顿的。想吃肉的时候，他就和大伯提着篓子与小伙伴到河里捉鱼虾蟹。运气好的时候，可以捉一篓子的鱼虾蟹。这些"战利品"不但改善生活，安慰一下缺肉少油的肚子，而且给成长中的身子补补钙质。

后来，父亲到外面读书，安排在距离家乡60多公里的遂溪县城工作，当上领导干部了。可是，不管他身在哪里，当上什么级别的领导，家乡那条清清的小河是他永远的乡愁。一放假，他便骑上那辆破旧的永久自行车回到村里，像小时候那样到小河边转转。有时候也拉着我到河里，教我怎么摸鱼虾、捉螃蟹。

爱抽水烟筒的父亲，就算是当上村里人眼中的大领导了，回到村庄，依然跟和他一起长大的叔叔伯伯边抽水烟筒边聊天。村里人说他，还是以前那个小调皮形象，一点都不像一个局长。

有时，父亲想抽水烟筒了，我便帮他把烟丝放进烟筒眼上，用火柴点燃。父亲深深地吸上一口，然后惬意地仰起头，慢慢将烟气吐出，开始眉飞色舞地跟年少的我讲村史，讲这条令他魂牵梦绕的小河。

这条无名的小河，村里人叫它"母亲河"。它起源于北坡镇下担村一带。雷州青年运河建设完成，村里人又开挖一次，河更宽了，水更清了。村里人的水稻、番薯、芋头、茄子、花生等，全部是这条小河浇灌的。

"打从穿开裆裤起，我就在这条河里玩水。有一回三叔告诉我这条河一直通向乐民港，那是大海啊，很宽很宽，很蓝很蓝。在一个中午我和小胖子约好沿着河岸走，去看大海。我那时候才7岁，读一年级吧，也没帽子，太阳很猛，就学大人用树枝弯圈盘在头顶。结果大海没看到，还被揍了一顿。我们迷路了，两家大人半夜在下游一处荒坡找到人。"

讲到这里，父亲低下头又抽了几口烟，张开嘴巴，烟雾从他的鼻腔里飘逸出来。我看见父亲的眼睛一直朝河源头的方向深情望着。

"这条河有灵性。我们这一带台风雷电暴雨不断，河水把面洞的水田淹没了，但很快退走。农作物收成减少的年份很多，却没有断收过，也没有淹死过人。我们的祖先从遥远的北方迁移到这里，就是因为村场依山傍水。从村里走出去从事革命活动的，在大中小学里教书育人的，在政府部门任职的，开工厂办企业的……人才辈出。"

父亲尽量用我听得明白的词语和我说。怕我不懂，又拿出《新华字典》教我识字，讲解一番白天和我说话时出现的词句。

受父亲影响，我也爱上家乡这条小河，也成了捉鱼高手。他一回家就带我去河里捉鱼虾，妈妈于是做了满满一桌好菜。肉是父亲从县城带回来的，鱼虾蟹是从小河里捉的。还有我们摘的野生椒叶、鱼鳞菜，绝对没有农药的环保时蔬。

有了好菜，父亲一定叫上他的兄弟过来一起喝酒，吃饭，聊农事，聊小河。席间不时发出笑声，其乐融融。小孩子是不能上桌吃饭的，我们在空地铺上一张草席子，放上碗筷、饭菜，便是孩子们的天地。我们边吃边听叔公、伯公等长辈聊农时、工分、牛下崽，也是一种享受。

后来，我随父亲进城了，成了城里人，在城里读书。大学毕业后，我也在城里工作。我做了父亲后，也像父亲一样，每次回乡必定到小河边转转。我的孩子受我的影响，也爱上这条小河，随我下河摸鱼捉虾。

小时候，我不理解父亲对小河的感情，如今却明白了：那是一种融进血脉的乡愁，是精神世界里的原乡。从乡村走出去的人，身上已经"刻上"乡村的DNA，无论走到世界哪里，无论世事如何沧桑，都带着这个"刻章"，无法走出乡愁，无法走出对乡村的牵挂。

跟孩子讲小河，讲爷爷的乡愁。孩子问我什么叫乡愁。我说，对家乡太多的眷恋、思念，便是挥之不去的乡愁。每个人的乡愁不尽相同。余光中的乡愁，是一枚小小的邮票，是一湾浅浅的海峡；三毛的乡愁，是梦中的橄榄树。而对父亲和我来说，最深的乡愁便是那条清清的小河，生命之河。

如今，长眠在瓦窑岭的父亲也成了我的乡愁。我叫它"父亲河"。

# 卖雪条的母亲

中午，放学铃声一响，年少的我第一个冲出教室，没身于炎热的街中。

这个夏天，我每天都是这个时间去找母亲，和她一起回家吃饭。

母亲站在农林路的一棵小树下，身子瘦削得像那树干。四十岁不到的她，白了三分之一的头发，有些凌乱。她穿一件黑色的松紧带裤子，蓝底白色的布衫。两个白色的泡沫箱子放在她脚下，里面装着雪条。那时候没有雪糕、雪批、冰激凌的说法，泡沫箱上面都写着"雪条"。

天气热得人难受，没有一丝儿风，母亲用草帽当扇子摇着。一根雪条5分钱，卖两根雪条可以赚一分钱。因此，尽管嗓子冒烟，母亲也不舍得吃一根。

以往每次看到母亲，我总是远远地叫着"妈"，然后气喘吁吁地跑过去帮忙卖雪条。而母亲总是微笑地应我，慈爱地摸出手帕为我擦汗，拿出一根雪条给我解馋。卖完雪条，我提着两个空泡沫箱子，和母亲一起回去。路上，母亲总会讲跟卖雪条有关的故事给我听。

但今天，我只是躲在墙角，看着母亲卖雪条。

我怕同学见到自己和母亲一起。

我不明白，父亲不是教育局局长吗？母亲虽然是农村出来的，但也是中学毕业，应该能安排一个好工作啊！班上小卫的父亲是院长，母亲每天只是发发报纸就回家煮饭了；小阳的父亲据说也是局长，每天给各个办公室提一暖瓶开水，擦擦桌子就去买菜了。

自己家呢？一家7口挤在一间破教室改造成的平房里，中间隔成三间房，最小的弟弟和父母睡，姐姐和妹妹一间。还有一间小房子给了70多岁的爷爷，他长年吃药，身上有一种难闻的中药味。我没有房间，爸爸便在堆满杂物的所谓"客厅"摆上一架折叠床，晚上我便窝在那里睡觉，白天收起来。

家里的厨房和冲凉房，是用教室走廊改建成的。下雨天还有几处漏雨呢！而父亲为没有工作的母亲安排工作的办法是将冲凉房隔开，养了一头猪！我们冲凉的时候，猪瞪着猪眼看，"唔唔"叫着。为了这头猪，母亲除了每天在菜市场捡烂菜叶子，又到建筑工地挑回一些木片烧猪潲。

有人为母亲抱不平，说她是中学毕业生，父亲不会利用手中的职权为她安排一份工作。但母亲毫无怨言，给一家人洗衣做饭，到田野里割猪草，给猪擦身子，洗猪栏，将家里收拾得干干净净。卖雪条还是那个夏天，一个亲戚联系畜牧局冰厂，父亲找人借了20元做本钱，批发出来零卖，于是母亲才有这份"工作"。

躲在墙角的我，看见母亲的脸上布满汗水，头发也湿漉漉的，我心里很难过，耷拉着脑袋朝她走去。看见我，母亲高兴地说："还剩下几根雪条，很快就卖完了！"

"妈，您不要卖雪条了好不好？"我瓮声瓮气地说。

"为什么？"母亲不解地看着我。

“同学们给我起了一个绰号‘雪条’，我快被气死了！”我委屈得不行，眼泪奔涌而出。

在改革开放之初，人们还是普遍看不起做小生意的，认为是丢人现眼。我的同学小花因为母亲在街边卖水果，就获得一个“花瓶（苹）”的外号。

看着泪流满面的我，母亲很是心痛：“我们家穷，你爸爸一个月几十元工资，你兄妹4人读书需要钱，爷爷吃药需要钱，每天吃饭需要钱，还有其他方方面面都需要钱。你爸爸人太直，不想用手中的权给我安排工作，我只能卖雪条贴补家用。你是不是跟别人一样，觉得局长老婆卖雪条很丢面子？”

我不吭声。是的，别人就是这样嘲笑的。嘲笑我有一个在街上卖雪条的母亲，嘲笑局长的老婆卖雪条。太丢脸！

“阿明，我们现在虽然还很穷，但比在农村好多了。我们能从农村进城，一家人生活在一起，很不错了。你不要跟生活好的人比，要跟自己的过去比，要往好的方面想。生活虽苦，我觉得很开心。一家人和和睦睦在一起生活，这比甘蔗还甜，你说是不是？”

母亲脸上挂着的汗珠，晶莹、透亮，在阳光的照射下，闪闪发亮。那光亮照进我沮丧的心里，暖暖的，我顿时觉得轻松，明亮，有力。

一个梳着小辫子穿着花格子衣服的小女孩摇摇晃晃地走过来，母亲见状，忙弯下腰亲切地问：“小朋友，你是不是想买雪条？”

小女孩奶声奶气地说：“爸爸不见了，我找爸爸！”

小女孩走失了。

母亲一把抱起小女孩，又从泡沫箱里拿出一根雪条，给小女孩拿吃，转身叮嘱我：“阿明，我先送她去派出所，你把剩下的雪条卖了！”

我呆呆地望着母亲远去的背影，瘦瘦而洁白的身影，我的眼睛湿润了。

"卖雪条！"我学着母亲大声叫。

生活依然有苦累，我不时想起那个夏天母亲那番话，以及阳光下发亮的汗珠。那是苦难生活里的亮光。

若干年后，我做了父亲，我跟孩子讲奶奶的故事，告诉孩子，生活尽管有艰难，但一定还有光亮。要善于找出光亮，照亮自己。

故乡，永远是游子的牵挂。每当读到贺知章的"少小离家老大回，乡音无改鬓毛衰。儿童相见不相识，笑问客从何处来"时，总有泪潸然而下。

我就是典型的少小离家啊，十一岁离开村子，跟随父亲到外地求学！

记忆中的故乡，村道狭窄，仅仅容得下一辆牛车。村道上随处可见一坨坨的猪粪牛粪。村道旁，堆积着由猪屎牛尿和燃烧禾梗、甘蔗叶、花生藤等灰烬混杂的土杂肥。大多数村民住的房子，墙是用红泥夯实的，屋顶用稻草或甘蔗叶子铺盖。村民穷得有布票没钱买，一条裤子三代人穿，只见补丁不见原来的颜色。

童年时光里，那个叫牛屎凼的水塘，浸泡着大人们的忧愁，却溢满了孩子们的欢乐。

牛屎凼由一大一小两个水塘组成。"凼"即"凼"，是遂溪方言，水坑、水塘的意思。

春天，雷州青年运河水、山泉水、雨水将两个水塘漫成一片，变成一个水塘了。塘中田螺肥美，小孩子摸田螺比赛，看谁的水性好，摸得多。

夏天，我们砍下香蕉树，拖到塘里打水仗，大展孩子们的拿手好戏。

秋天，塘水渐枯，赶着狗狗在水中抓鱼，那狗模狗样，让我们笑岔了气。

冬天，用竹篾编织的没有柄的笊儿放在塘边的林子里抓小鸟，是小孩子贫困生活中的一道风景。

大人们则在塘边洗衣服，洗喂牛的水草、犁、耙。在牛儿喝水时，他们也洗去耕田的劳累。

牛屎氹周围杂树丛生，只有一条牛车路通往，偶尔有野兔、蛇虫出没。除了风儿呼呼，从来没有人想过要改变它。村民依然日出而作，日落而息。

我的村子是贫困村。2016年，佛山市三水区扶贫工作队来到村里，重新规划村庄，村道开始硬底化，并且安装了太阳能路灯。

当我站在四周平整，一大一小两个水塘组成的牛屎氹边时，记忆中的一切都成了影像资料。

眼前的牛屎氹成了两个水泥砌成的鱼塘，由一条水管相连，中间可通小车。水塘边铺上石砖，种上风景树。石砖路每隔三米立一块法制宣传牌，村民称之为"法制公园"。不远处的大榕树下，村民们或下棋，或打天九，或聊天。

我在村文化楼遇见村主任。他是我小时候的玩伴，那时我们常光着屁股在牛屎氹里捉鱼虾。

我说："村子发生翻天覆地的变化，牛屎氹变得像公园一样美。我简直认不出来了。"

他告诉我，村里人做梦也没想到能够过上向往的城里人生活，幸福感、获得感满满。

"文化楼里面有图书室、会议室、广播站。楼前安装了很多健身器材。村中年轻人大多到外地打工了，很多老人、孩子吃完饭后，习惯到图书室看看书或用健身器材锻炼身体。以前生产队安排工作，队长拿着一个破喇叭，在队屋前喊破喉咙，村里人才听明白怎么回事，现在一开广播，大家全听清楚了。

"你看到广场、篮球场、环村水泥路、公厕了吗？那是扶贫专项资金，加上村里外出打工的年轻人筹集资金建成的。因为响应农村改厕，每家每户在屋子旁边用油毡布或稻草搭建的厕所消失了，村中的空气也清新了。现在的牛屎氹，你还能找到以前的影子吗？"

村主任的脸上写满了自豪、满足、幸福。

习近平总书记说，实现全面建成小康社会，就是要实现国家富强、民族振兴、人民幸福。党的十九大更是把打好脱贫攻坚战作为全面建成小康社会的三大攻坚战之一，并做出了到2020年现行标准下农村贫困人口实现脱贫的庄严承诺。

我的家乡乘着助力乡村高质量发展的精准扶贫政策的和风，以及省新农村建设专项资金助力乡村振兴的扶持，已发生翻天覆地的变化，正奔向小康！

牛屎氹的变化只是其中一角。站在牛屎氹边，看着远处蔗浪翻涌、稻花闪闪、椒园翠绿，我的心中不禁充满金秋丰收的暖意。

"鹩哥骑牛跌跛脚，老鼠撑船去取药。取药回来鹩哥死，塘虱浮水
做孝子，泥鳅听说哭昏地。"

这是一首在我儿时记忆里回荡的儿歌，犹如一颗古老而神秘的种
子，深埋在岁月的土壤里。妈妈曾告诉我，这首儿歌与过年有着千丝万
缕的联系。

在雷州半岛，过年是一场盛大而独特的传统民俗盛宴。每到腊月，
年味就渐渐浓起来了。村民们会开始筹备各种传统的年货，其中一项重
要的活动就是制作田艾粿。田艾是一种生长在田野间的艾草，有着独特
的清香。人们将田艾采摘回来，洗净煮熟后与糯米粉混合，揉成柔软的
面团。馅料则是丰富多样，有椰丝、花生碎、芝麻、冬瓜糖等，包好后
的田艾粿放入蒸笼蒸熟，那散发出来的香气弥漫在整个屋子，让人提前
感受到新年的甜蜜。

我全家人围在一起做田艾粿，妈妈一边做一边唱起这首儿歌，还告
诉我们这首儿歌的来历。

那是许久以前的一个年初一，新年的喜气像醇厚的酒香弥漫在每一

个角落。村子里处处张灯结彩，门前除了摆放蒜苗、甘蔗这些寓意吉祥的物品外，还会挂上红灯笼。

有这么一户人家，孩子被过年的热闹劲儿撩拨得坐不住，非要骑牛玩耍。那父亲对孩子百般溺爱，二话不说就把儿子放在了牛背上。牛儿正在悠然自得地嚼着青草，突然听到一声"喈儿～驾"，那声音仿若一道惊扰宁静的闪电，牛儿身子猛地一摇，孩子便像一只折翼的小鸟，从牛背上直直地坠了下来。孩子摔得极重，痛得站都站不起来。孩子的父亲心急如焚，仿佛热锅上的蚂蚁，急忙撑船到河对岸去寻郎中。可命运弄人，孩子可能伤到了内脏，没能等到取药回来，就永远地闭上了眼睛。为了给调皮的孩子们敲响安全的警钟，不知是哪位有心人创作了这首儿歌。

到了除夕，当鞭炮声在村子里此起彼伏地响起，如同阵阵春雷炸响在新年的门槛前，妈妈总会让我们唱起这首儿歌。那歌声像是一种特殊的咒语，在吉庆的氛围里，提醒着我们莫要忘记安全，就像航海者在顺风航行时，也不能忘却暗礁的存在。

小时候，我可是个孩子王，身后常常跟着一群小跟班，像一群叽叽喳喳的小麻雀。我们整天疯玩，上树掏鸟窝，那时候觉得自己就像勇敢的探险家，在树枝间寻找神秘的宝藏；下河捉鱼虾，双手在清凉的河水里摸索，每抓到一条小鱼小虾，就像发现了新大陆般兴奋；捅马蜂窝，现在想来真是莽撞，只记得当时像无畏的勇士，全然不顾马蜂的愤怒；滚铁圈圈，那铁圈就像听话的小宠物，跟着我们在乡间小路上奔跑；打称儿、跳大海……每天玩得一身泥巴，活脱脱像个泥人儿，也因此没少挨大人的责骂，那些责骂声就像阵阵恼人的雨点，打在我们贪玩的小小心灵上。

儿时的我，对过年充满了殷切的期望，那种盼望就像干涸的土地渴望甘霖。

在雷州半岛，还有一个独特的年俗叫"年例"。各地的年例时间不一，但一般在新年期间的某一天举行。这一天，村子里比过年还要热闹，有"年例大过天"的说法。村民们会邀请亲朋好友前来欢聚。各个村落都会有自己的年例活动，有的是游神，人们抬着神像在村子里巡游，神像所到之处，村民们纷纷烧香祭拜，祈求来年风调雨顺、平安幸福。有的村落则会举办盛大的舞狮表演，那舞动的狮子活灵活现，在锣鼓声中翻腾跳跃，象征着吉祥如意。

过年时，白米饭可以敞开肚皮吃，那香喷喷的白米饭像是世界上最美味的东西，而且还能吃到平日里难得一见的肉。大人们说"年"到了村前的鱼塘了，我便迫不及待地带着一群小屁孩跑到村口，像迎接尊贵的客人一样迎接"年"的到来。

我家与村里的家家户户一样，年三十晚是最为热闹的时刻。全家人就像一支训练有素的乐队，既分工明确又配合默契。大家会把准备好的鸡、鱼、猪肉等食物放在锅里煮，这些食物都有着特殊的寓意，鸡代表着大吉大利，鱼象征着年年有余。

贴春联、挑水、烧火、擦门窗、倒垃圾，每一个人都乐呵呵地忙碌着，那脸上洋溢的笑意仿佛是新年最美的妆容。擦门窗是全家老小都参与的活动，这一擦，就像是把旧的一年的尘埃和烦恼统统擦去，迎接新的一年。而年初一到年初三是不能扫地的，仿佛地上的每一粒尘土都是财气的化身，生怕一扫地就把财气给扫走了。

儿时的我呀，最乐意干的就是挑水（虽然每次只能挑两小桶）和烧火煮饭这类活儿，因为大人们会给红包，那红包就像神秘的小宝藏，充满了诱惑。家里贴对联的活儿就落在我和爸爸身上。贴春联可是我们中华民族的传统习俗，那大红的春联往大门、小门一贴，就像给房子穿上了喜庆的红衣裳，吉祥的氛围瞬间满溢。就连牛栏、猪圈也不能被遗忘，横批"六畜兴旺"往上面一贴，红底黑字，格外醒目，仿佛在给家畜们许下新的一年繁荣昌盛的美好祝愿。

　　家中的水缸必须得挑满水，水在人们的心中象征着财富，满满的水缸寓意着新的一年财富满屋。那时候还没有自来水，家里又没钱打水井，只能到村前的水井里挑水。挑水的主力军是姐姐，她就像一个勤劳的挑水小卫士，一趟又一趟。妈妈和妹妹则负责烧火，那跳跃的火苗，既在烧制着年夜饭，又像是在燃烧着对新一年红红火火的期待；弟弟呢，负责倒垃圾，他像是一个小小的转运使者，把这一年的霉运统统倒掉。

　　放鞭炮是我最期待的时刻。在雷州半岛，放鞭炮还有着驱邪避灾的含义。贴完春联后，一定要放上一挂鞭炮，那鞭炮声就像新年的号角，宣告着一家人团团圆圆的年夜饭即将开始。"爆竹声中旧岁除"，在那喜庆的鞭炮声里，家人围坐在一起，团圆的幸福在空气中弥漫开来。

　　孩子们吃完年夜饭后，就开始跟着我像一群小馋猫追逐着香味一样，追随鞭炮声去捡碎炮放。那时候，口袋里要是有一角钱，就感觉自己像个大富翁了。穷人家的孩子没钱买鞭炮，只能到处去捡碎炮儿，那"砰砰"声虽然微弱，却也满是年的味道。

　　四叔是个五保户，有一次，他见孩子们来了，便用竹竿吊着一挂小鞭炮，笑着说："谁抢到归谁！"一群孩子立马像被点燃的小鞭炮，在四叔的竹竿下兴奋地跳着叫着。四叔的竹竿就像一个调皮的精灵，时而高高举起，时而低低垂下；时而飘向东边，时而晃到西边。眼看某个孩子快要抢到了，却倏地又移到别处。

就在这一片喧闹声中，虾仔忽然唱起了儿歌：

"四叔骑牛跌跛脚，

四婶撑船去取药。

取药回来……"

"停！"四叔一听，赶忙打住，"这挂鞭炮给你了。"四叔一个人孤孤单单，哪来的四婶啊？这可是他心中的痛点。

我见状，带着其他孩子也跟着起哄唱起来：

"四叔骑牛跌跛脚，

四婶撑船去取药……"

四叔无奈，赶紧投降，痛苦地拿出自己珍藏的准备年初一、年初二、年初三放的三挂小鞭炮，分给我和另外两个大一点的孩子，说道："拿去别的地方放吧！"要知道，按照本地的风俗，年初一至年初三的早上是必须放鞭炮的，否则会被认为不吉利。

我拿着鞭炮，像个得胜的将军，领着孩子们欢天喜地地来到晒谷场。我们把鞭炮拆了，几乎人手一个，然后用火柴小心翼翼地点燃，鞭炮便噼噼啪啦地响起来。一个调皮的孩子突发奇想，搞了个恶作剧，将鞭炮插在一坨牛屎上，点燃后，"呼"的一声，牛屎被炸得落得到处都是，那场景真是又滑稽又恶心。还有一个孩子更淘气，把鞭炮绑在牛尾巴上，一点炮，那头大水牛受了惊，撒腿狂奔起来，那架势就像一阵狂风席卷而过，差点就撞伤了人。更惨的是，有个孩子把捡来的碎鞭炮点燃后，随手扔在一户人家的稻草屋顶上，瞬间引发了火灾。那原本喜气洋洋的过年氛围一下子被阴霾笼罩，全村人都像热锅上的蚂蚁，纷纷跑来救火，万幸的是，最后总算把火扑灭了。我这个孩子王自然逃不过母亲的追打，那一顿打就像一场突如其来的暴风雨，让我记忆深刻。

经过这些惨痛的教训，每到过年，妈妈就会让我们唱那首儿歌："鹩哥骑牛跌跛脚……"时刻提醒我们小孩子不要顽皮，要注意安全。

时光悠悠流转，改革开放的春风吹过之后，村里发生了翻天覆地的变化。一幢幢楼房拔地而起，曾经随处可见的稻草屋渐渐成为历史的记忆。随着乡村振兴政策的实施，村子变得宛如一幅美丽的画卷。曾经牛屎猪屎满巷的村道如今都硬底化了，孩子们的玩具也从滚铁圈变成了时尚的踏滑板。孩子们再也不用担心没钱买鞭炮了，也没有孩子会追着鞭炮声去捡碎炮放了。甚至有个孩子读了安徒生的《卖火柴的小女孩》后，满脸茫然地问："火柴是什么呀？"

儿歌中的年味，就像是一个时代的缩影，承载着往昔的欢乐与教训。如今，由于禁炮令的实施，大城市的孩子放鞭炮反倒成了一种奢望。童年的年味似乎在岁月的长河中渐行渐远。虽然现在的生活水平有了天翻地覆的提升，过年不再像以前那样为吃穿发愁，但安全意识永远都像灯塔一样，不能被忽视。

# 乡村教师之光

我曾在村小读过几年书，那些在乡村校园里的时光，是我生命中最珍贵的回忆。庞老师的歌声仿佛还在耳边回响，叶老师绘声绘色讲故事的模样还历历在目，韩老师的幽默风趣也依旧萦绕心间。教师节的微风又轻拂，撩动我对他们深深的思念。

## 爱唱歌的庞老师

小学三年级时，教我数学的是全校唯一的公办教师庞老师。

那时候，小学课本只有《语文》和《算术》，其他的课程大致按上级要求设置。

三年级的数学依然是简单的加减乘除，混合算式过几遍就掌握了。通常放学之前就完成了作业，没有什么加强班或作业辅导机构。

面对一群求知欲强烈的孩子，庞老师在大家掌握了计算方法后，居然教起音乐了！

"五星红旗迎风飘扬，胜利歌声多么响亮。歌唱我们亲爱的祖国，从今走向繁荣富强。"

"打狼要有棒，打虎要有枪。对付侵略者，人民一定要武装。"

"朋友来了有好酒，若是那豺狼来了，迎接它的有猎枪！"

每教完一首歌，庞老师总是先解说歌词大意，然后谆谆教诲：同学们，你们一定要热爱祖国，长大后保卫祖国。因为我们今天的幸福生活是无数革命先烈用生命换来的！

庞老师这时候的面容是严肃的。

庞老师四十多岁，却长了很多白发。那炯炯有神的目光里，满满是对学生的爱。在教师奇缺的年代，全校五个老师，四个民办的，就他一个公办的，却没有一点架子，种地、除草、施肥，样样娴熟。

全班同学最喜欢的是音乐课，只要是庞老师的课，大家都很认真地听完，然后"老师，唱歌吧"的声音必定准时响起。庞老师还会拉二胡呢，他拉的《梁祝》如怨如慕，如泣如诉，小小年纪的我居然听出了悲伤。

庞老师的家访是出了名的，周围几个村庄他走了个遍，学生的档案都装在他的心中，一发现少了一个学生，他就会立马去了解情况。那时的他连一辆自行车都没有，去多远都靠步行。

我父亲在城里工作，母亲管不了调皮捣蛋的我。有一次，我和一个发小躲在甘蔗地里下军旗，忘了上课，被庞老师抓了个现行。好在我一点儿也不担心他去家访。庞老师呢，这回好像对家访没了兴趣，放学后让我俩站在他身旁看他批改作业，还让我们指出每个同学都错在哪里，要怎么改正，最后让我俩将自己的错误抄十遍，才能回家吃饭。

这一招比家访还厉害啊！从此我再也没有旷过课。

淳朴的村民们对老师是非常尊重的，哪家来了亲戚或者办喜事，必定邀请老师们来家中吃饭。如果哪位老师没空去，就会留一些好吃的让孩子带给老师。对于从外地调来这里的庞老师，村民们尽管自家也穷，但仍会时常送一些番薯芋头给他。

小学五年级时，我转学了，再也没有见过经常面带笑容、不怒而威的庞老师。但那些音乐深深地烙在我的脑海中，永远忘不了。

后来，我有几位同学去当兵，就是听从了庞老师的建议。

爱讲故事的叶老师

依稀记得，叶老师是教政治的，却喜欢讲《林海雪原》《青春之歌》《西游记》等小说中的故事。

现在的小学有《思想品德》，但20世纪六七十年代，政治课是没有课本的，老师上课基本上讲政治形势。

识字不多的我读的第一本小说是《林海雪原》，并且模仿他的语气给很多跟在我身后的小屁孩讲故事，就是源于叶老师。

叶老师一米七的个头，头发梳得整整齐齐，像电影《英雄虎胆》里的卧底，很符合老电影里正面人物的形象。

叶老师上课可以说是"冰火两重天"：读报纸时严肃认真、有板有眼，讲故事时手舞足蹈、如癫似狂，好像穿越到了故事里面。

有一天政治课，叶老师读了一篇《人民日报》的评论后，忽然站起来，解开外套，左手叉腰，右手向上一挥："今天讲杨子荣《智取威虎山》。话说解放战争时期，在遥远的东北林海中，有一座山叫威虎山。这座山呀，被一个叫座山雕的土匪头子占领着。这个土匪头子非常狡猾残暴，周围的百姓没有不被祸害的。为了保当地老百姓平安，一支剿匪小分队来到土匪窝附近。由于威虎山的地势险峻，匪情不明，小分队队长少剑波让侦察排长杨子荣带着一张从土匪身上缴获的联络图，并假扮那个人孤身深入匪穴，摸清匪情……最后杨子荣和小分队里应外合，将土匪一网打尽！"

叶老师讲得声情并茂，还常常不自觉地配上肢体动作，让孩子们听得如痴如醉。

在没有电视、电脑、手机的年代，叶老师讲的故事深深地滋润着孩子们的心田，朦胧着我的文学情怀。

长大后的我从图书馆找到叶老师提到过的所有小说，认真阅读并细心体会书中描写的情境，期待着某一天再遇到叶老师时，能与他侃侃而谈。

## 爱演戏的韩老师

当我拿着《三十年乡村教龄信息表》到韩老师家时，他正葧蘼地坐在床上，穿着尿不湿。

已是肝癌晚期的韩老师，苦笑着对我说：没用了！我的心里好生悲凉：当年那个意气风发，在篮球场上骄傲地跳投，在舞台上潇洒地挥舞的小伙子，即将离我们而去！

韩老师是我小学四年级的班主任，教语文、体育。他普通话不怎么好，但是幽默风趣，擅长用方言土语启发学生理解课文，很注重引导学生观察事物，写出自己最真切的感受。我的作文《我的家乡》还被他作为范文在班上宣读过。

在那个年代，生产队获得的大队或公社的奖励不是《地雷战》就是《地道战》，影片的情节我早已烂熟于心。

有一天早上，我很早就到了学校，忽然听到有日本人模仿中国人说话的声音，顿时心里一惊。我小心翼翼地朝着声音发出的地方靠近，才发现原来是韩老师在排练节目，模仿电影中的日本军官说话。

没过多久，在人民公社组织的一次巡回演出中，韩老师和叶老师、陈老师三人在大队的舞台上演的类似群口相声的那出戏深受大家的欢迎。这是我见到的韩老师唯一的一次舞台演出。听说他私底下还模仿过《红色娘子军》中的洪常青呢。

韩老师高中毕业后就开始在村小学当民办教师。那时候的民办教师没有工资，生产队划给学校的几亩地，全校师生一起耕种，水稻、甘蔗、花生、番薯，地里的收入就是民办教师们的工资。收入虽然微薄，但韩老师从来没有想过辞职。

生活中，韩老师是天生的乐天派。他的妻子长期瘫痪在床，他怕妻子闷着，就天天演影视剧里的角色逗她开心。后来他转正成了公办教师，有了工资，仍继续耕种生产队分的那几亩自留地，种些果蔬补贴家用，一家人的生活才逐渐有所改善。如今看到被肝癌折磨的韩老师，心中满是悲凉。

像韩老师这样扎根乡村学校四十多年的，我们身边还有很多。

这些乡村教师，在岁月的长河中坚守，用自己的光芒照亮了乡村孩子的未来。他们如"孺子牛"一般，默默耕耘，无私奉献，他们的精神永远熠熠生辉，激励着一代又一代的学子。他们是乡村教育的脊梁，是我们心中永远的明灯，引领着我们在人生道路上不断前行。

在教师节这个特殊的日子里，衷心祝愿他们健康幸福。

# 守在旧屋的母亲

母亲将自己的青春与热情都奉献给了教育局，在那里辛勤工作了许多年，直至退休。她就像一棵扎根于此的大树，从未有过离开的念头。母亲和父亲都在教育工作，20世纪90年代初，教育局分新房子，我家分到这套新房子。30多年过去了，当年的新房子早已变成老房子，如一座承载着无数回忆的"城堡"。而母亲，便是这座"城堡"的守望者。

曾经，这套房子里充满了欢声笑语，一家人围聚在一起，画面相当温馨。我仍清晰地记得，晚餐时，餐桌上摆满了母亲精心烹制的菜肴，父亲会讲着一些趣事，弟弟调皮地跟妹妹争抢着食物，而我在一旁偷笑。那时候，房子里回荡着的是家的声音，满溢着家的温暖。

我步入婚姻的殿堂后，拥有了自己的小家，便搬离了那充满回忆的老房子。妹妹和弟弟也相继结婚，各自组建家庭，奔向属于他们的新生活。老房子只剩下父母二人，过着平淡如水的日子。

父亲的离去如同一场暴风雨，将这个家的温暖也带走了一部分。那曾经温馨的老房子，一下子变得空旷而冷清。父亲刚走的那段日子，母亲常常坐在父亲生前最喜欢坐的那把旧椅子上，眼神空洞地望着前方，嘴里喃喃自语："老头子，你怎么就这么走了呢？你说过要陪我一起慢慢变老的呀。"有时，我听到母亲轻轻的抽泣声，当我走进她的房间，看到她抱着父亲的旧衣服，泪水浸湿了枕巾，她对我说："我总是梦到你爸，他就像还在我身边一样，可是一醒来，就只有我一个人了。"

如今，母亲已到了八十多岁的高龄，满头的青丝早已被岁月染成了洁白的霜雪。看着她日渐衰老的模样，我心中满是担忧，实在放心不下她一个人居住。于是，我来到老房子，坐在母亲对面，诚恳地说："妈，您一个人住，我们都不放心。您搬来跟我一起住吧，让我好好照顾您。"母亲却毫不犹豫地摇摇头，坚定地说："不用了，我在这儿住习惯了，哪儿也不去。"我又劝说道："可是您一个人，万一有个什么事，我们都不在身边。"母亲拍了拍我的手，微笑着说："不用担心我，我能照顾好自己。"我联系弟弟妹妹，可母亲也不肯跟他们住。

见母亲如此执拗，我们商量后决定给她养一只猫做伴。当那只毛茸茸的小猫被带到母亲面前时，母亲的眼睛里全是欢喜。她轻轻抱起小猫，温柔地说："以后就由你陪着我喽。"

尽管年事已高，母亲的身体还硬朗，生活却依旧充满活力。她信佛，每天都会前往晋武公做义工。在那里，她遇到了形形色色的人。有一次，我去看母亲，看见她正在耐心地劝导一位年轻的姑娘。姑娘因为和家人闹矛盾，满脸泪痕。母亲拉着她的手，轻声说道："孩子，家人之间哪有隔夜仇呢？大家都是为了彼此好，只是有时候方式不对。你要多站在他们的角度想想呀。"姑娘抽泣着说："奶奶，我知道，可是我就是觉得委屈。"母亲微笑着说："委屈是一时的，等你冷静下来就会明白，家人的爱是最珍贵的。"姑娘听了母亲的话，渐渐止住了泪水，感激地说："奶奶，谢谢您，我知道该怎么做了。"

除了帮助有困扰的人，母亲自己也在礼佛中寻求内心的宁静。她在佛寺里，就像一束温暖的光。那些前来礼拜的人，有的是为了心中的信仰，有的则是为了寻找心灵的慰藉。母亲总是默默地关注着他们，一旦发现有人情绪低落，就会主动上前给予关心。她仿佛有一种神奇的魔力，甚至比社区的调解室更能化解矛盾。很多情侣在闹别扭后，经过母亲的开导，手挽手甜蜜地离开；家庭里有了矛盾的人，在母亲的劝解下，重新找回了温馨。

母亲偶尔也会去斋菜馆帮工。我曾好奇地问她："妈，您这么大年纪了，为什么还要去斋菜馆帮忙呢？"母亲一边忙着手里的活计，一边回答我："孩子，我这把老骨头还能动，能做一点是一点，帮助别人，我自己心里也高兴。"

我们这些做子女的，虽然不能时刻陪伴在母亲身边，但也会不时地回家看望她。每次一进家门，我就看到母亲的脸上洋溢着喜悦的笑容。她总是像变魔术一样，迅速从柜子里拿出早就准备好的糖果饼干，热情地说："快吃点，这都是你们小时候爱吃的。"在她的眼里，我们不管多大年纪，永远都是那个需要照顾的孩子。

岁月无情，却在母亲身上沉淀出一种独特的美。我常常看到母亲坐在窗前的沙发上，阳光透过窗户洒在她身上，像是为她披上了一层圣洁的光辉。她戴着老花镜，认真地看着《湛江日报》《南方日报》或者《秋光》杂志。那只猫咪安静地蜷缩在她的脚边，母亲会时不时地轻轻抚摸它，嘴里还喃喃细语："小猫呀，你说今天孩子们过得好不好呢？老头子，要是你还在，看到孩子们回来，该多高兴啊。"她的声音柔和而慈祥，充满了对生活的热爱和对禅意的了悟，那画面静谧而美好。

母亲的晚年，虽然没有老伴的陪伴，子女们也不能时常绕膝，但她依然坚强、乐观地生活着。她的那份从容与坚韧，深深地感染着我。

在岁月的磨砺中，从母亲的身上，我渐渐明白，人生就像一段漫长的旅程，每个阶段都有其独特的意义和价值。无论身处何种境地，都要像母亲一样，保持积极的心态去面对生活。母亲对生活的热爱与执着，就像一阵春风，激励着我更加珍惜当下的每一刻，努力过好每一天。每当我在生活中遇到困难与挫折时，母亲那坚强的身影就会浮现在我的眼前，让我鼓起勇气，变得更加勇敢和坚定。

# 又逢端午粽飘香

  我的家乡是一片被岁月温柔眷顾的土地，在我儿时的记忆深处，端午节如一幅色彩斑斓、香气氤氲的民俗画卷。每至端午前夕，整个村子仿佛被一种神秘的力量唤醒，空气中都弥漫着一种期待的味道。

  清晨，天还未大亮，晨雾像轻纱一般笼罩着大地。妈妈和村里的女人们就早早地起床了，她们迎着那还带着丝丝凉意的晨雾，脚步轻盈地步入田野或是坡地。那里，各种各样的草药静静地等待她们来采撷。

  艾草，它总是低调地生长在田埂边或坡地的角落里。它的叶片细长，像是被大自然精心裁剪过一般，边缘有着柔和的锯齿，茎干纤细却坚韧，像是一位柔弱而坚强的女子。妈妈弯下腰，手指轻柔地捏住艾草的茎部，稍稍用力一拔，艾草便带着些许泥土的芬芳脱离了大地的怀抱。那艾草的根须在空气中微微颤抖，像是不舍得离开自己生长的土地。

  香茅则像是一群高挑的卫士，修长的叶片向四周舒展着。它的叶片边缘锋利，像是守护自己的宝剑。妈妈用镰刀轻轻割下香茅，那"唰"的一声，仿佛是香茅在与大地告别。割下的香茅散发着一种独特的、略带辛辣的香气，那香气瞬间弥漫开来，像是在向人们宣告它的存在。

  柚子叶在柚子树上随风摇曳，像是在招手呼唤着人们。它们宽大而油绿，透着清新的果香。妈妈踮起脚尖，伸手拉住柚子树枝，另一只手快速地摘下柚子叶。每摘下一片，那树枝就会轻轻晃动一下，仿佛是柚子树在微微抗议。

五指风，叶片如同张开的五指，带着一种质朴的野性。它的叶子毛茸茸的，像是覆盖着一层薄霜。妈妈小心翼翼地避开周围的杂草，用手握住五指风的茎，轻轻一折，它便被采下。采下后的五指风，那叶片上的绒毛在晨光下闪烁着微光，像是隐藏着无数小秘密。

桃子叶，狭长而柔软，似是隐藏着桃枝的娇羞。它们生长在桃树的枝丫间，像是绿色的丝带。妈妈从桃树枝丫间轻轻摘下桃子叶，那动作轻柔得像是怕惊扰了桃树的美梦。

风姜，枯黄中带着尖刺，却有着别样的韵味。它生长在较为隐蔽的地方，像是一个隐居的老者。妈妈戴上手套，用小铲子小心地挖起风姜，那带着尖刺的风姜在铲子的撬动下慢慢出土，像是从沉睡中被唤醒。

我常常提着小小的竹篮子，像个小尾巴似的跟在她们身后。那竹篮仿佛也兴奋起来，随着我的脚步一蹦一跳。在草丛中穿梭的时候，我好奇地问妈妈关于这些草药的种种。妈妈总是耐心地解答，她的声音在清晨的空气中回荡，仿佛也是一种独特的乐章。

采完草药回到家中，妈妈便会挑选出一把艾草，郑重其事地挂在家门口。那艾草就像忠诚的卫士，静静地守护着家门。我仰着头问妈妈："为什么要挂艾草呀？"妈妈微笑着说："这艾草啊，能辟邪呢，是老祖宗传下来的法子。"我似懂非懂地点点头。

接下来就是清洗草药的活儿了。我帮着妈妈把草药放进盛着水的大锅里，那口大锅就像一个包容万物的巨兽。当灶膛里的火苗舔着锅底的时候，锅里的水开始翻滚起来。煮沸的草药水，像是被施了魔法一般，泛着淡淡的绿意，那浓郁的香味如同脱缰的野马，瞬间弥漫开来。家门前那棵大树菠萝，原本有着自己独特的果香，此刻也被这草药味所包围，两种味道交织在一起，像是一场奇妙的对话。

全家人都用这草药水洗头洗澡，那场景热闹而有趣。就连那只懒洋洋的老家猫也似乎被这氛围感染，熟练地把爪子伸进盆里洗洗，然后优雅地捋捋胡子，那模样仿佛在说："我也是这个家庭仪式的一部分呢。"我又忍不住问妈妈："为什么要这样做呀？"妈妈一边用草药水给我洗头，一边温柔地说："这祖宗辈辈流传下来的习俗，用草药水洗澡呀，就可以洗去一年的晦气，迎接新的希望呢。"虽然我当时还不能完全理解妈妈话里的深意，但那草药的香味，却如同一个调皮的小仙子，深深地钻进了我的记忆里，成为我心中端午独一无二的印记。

而端午节的重头戏之一——包粽子，更像一场盛大的家庭狂欢，是我们小孩子心心念念、翘首以盼的节目。全家人围坐在那张略显陈旧却充满故事的餐桌旁，桌面仿佛也在兴奋地微微颤抖。妈妈像一位指挥若定的大将，熟练地从角落里取出早已精心准备好的各种食材。糯米，颗颗饱满，像是被挑选过的玉珠，那是提前一晚就浸泡好的，此时已经吸饱了水分，在阳光下闪烁着晶莹的光芒，仿佛在诉说着自己的迫不及待。蛤蒌叶，散发着一种独特的清香，那是大自然赋予的神秘味道；红枣，红彤彤的，像一个个小灯笼，充满了喜庆的气息；豆沙，细腻而甜蜜，如同少女的心事；咸蛋黄，金黄油润，仿佛是从太阳上切下的一角。当然，还有那一大捆翠绿的粽叶，粽叶是经过妈妈精心挑选的，只有宽大厚实、翠绿如洗的粽叶，才能够担当起包裹满满的祝福的重任。

妈妈先将粽叶轻轻放入清水中洗净，那粽叶在水中像是绿色的小船，然后再放入热水中浸泡，经过热水的洗礼，粽叶变得更加柔软，像是被驯服的小绵羊。妈妈说："包粽子呀，这手法可得娴熟，就像做一件精细的艺术品，这样才能包出形状美观、结实不漏的粽子。"说着，她便开始示范起来。只见妈妈先将两片粽叶重叠在一起，手指灵动地一转，粽叶就形成了一个完美的锥形，然后用勺子舀起一勺糯米，那糯米像欢快的小瀑布一样落入粽叶中，接着放入一颗红枣和一块豆沙，或者是半个咸蛋黄，那动作行云流水，一气呵成。

我在一旁看得跃跃欲试，学着妈妈的样子小心翼翼地操作着。可是，这粽子在我手里就像个调皮的小娃娃，总是不听使唤。不是粽叶被我扯破了，就像一个受伤的士兵，无力地瘫倒；就是包出来的形状歪歪扭扭，完全没有妈妈包的那种规整与美感。我有些沮丧地看着自己的"作品"，妈妈却不以为意，她轻轻拍了拍我的头，笑着说："没关系，孩子，多包几次就好了。这包粽子就像走路，一开始总是会摔跤的，慢慢就稳当了。"

大家一边包着粽子，一边欢声笑语。在城里工作的爸爸就像一个远方来的使者，带来了城里的新鲜事。他眉飞色舞地讲着城市里那些高楼大厦间发生的趣事，什么会唱歌的喷泉啦，能看到星星的高楼顶啦，惹得大家哈哈大笑，那笑声像是要把屋顶都掀翻。爷爷则在一旁眯着眼，像个严格的评委，认真地点评我们包的粽子。他一会儿拿起这个粽子，皱着眉头说："这个角包得不够紧实。"一会儿又看着那个粽子，满意地点点头说："这个包得还不错，有进步。"

此时，空气中弥漫着粽叶和糯米的清香，那是一种纯净而质朴的香气，如同故乡的泥土气息。但更浓郁的，是家的温暖与和谐的味道。我们就像是一群在时光长河中停靠的旅人，围坐在一起，不仅仅是在包粽子，更是在享受一段无比美好的家庭时光。这一段时光，如同那锅里正在慢慢煮熟的粽子，充满了期待与温暖。

包好的粽子被一个个整齐地放进大锅里煮。那口大锅像是一个神秘的宝盒，即将开启一场美味的魔法之旅。我们就像一群焦急等待宝藏现世的小探险家，守在旁边。有的时候耐不住性子，就跑去干其他活，但眼睛总是不时地瞟向那口锅，心里默默地念叨着："粽子啊，你快点煮熟吧。"

终于，粽子煮熟了！那一瞬间，香气像是汹涌的潮水，一下子四溢开来，弥漫了整个屋子。那是一种多么奇妙的香气啊，既有糯米那醇厚的甜香，仿佛是大地对人们辛勤劳作的馈赠；又有粽叶那清新的清香，像是山林间吹过的微风；还有馅料的浓香，无论是红枣的甜蜜、豆沙的细腻，还是咸蛋黄的咸香，都交织在一起，像是一场盛大的音乐会。这三种香气你中有我，我中有你，互相缠绕，让人陶醉其中，仿佛灵魂都被这香气轻轻托起。

我迫不及待地剥开粽叶，只见那粽子宛如一颗晶莹剔透的珍珠，散发着诱人的光泽。一口咬下，那口感简直是人间至味。甜而不腻，满口糯香，每一粒糯米都像是在舌尖上跳舞，那份满足感如同阳光穿透云层，一下子洒满心田，仿佛能驱散生活中所有的忧愁。而我最爱的，当属蛤蒌叶肉馅粽子，那独特的香味在口中散开，仿佛是一片神秘的森林在舌尖上蔓延。

吃完粽子，我们便像欢快的小鸟一样，向河边奔去看龙舟赛。河边早已是人山人海，热闹非凡。一艘艘龙舟如同蛟龙入水，船头的鼓手用力地敲打着鼓，那鼓点像是心跳的节奏，"咚咚咚"，激励着划船的汉子们奋力向前。河岸上的人们呐喊助威，那声音响彻云霄。

我小学还没毕业的时候，全家人都跟随爸爸搬到城里住，我们从乡村走进了城市，成为"城里人"。刚开始，城里的一切都让我感到新奇又陌生。但每到端午节，我们就像候鸟归巢一般，回乡下与叔伯们一起包粽子，在熟悉的氛围中，再次享受传统节日的温馨。

随着时代的浪潮不断向前涌动，端午节的粽子也悄然发生着变化。年轻一代充满创意的头脑，让粽子与湛江当地的天然、环保食材进行了一场奇妙的结合。菠萝水晶粽应运而生，那晶莹剔透的水晶皮包裹着酸甜可口的菠萝肉，一口咬下去，既有粽子的软糯，又有菠萝的清爽，仿佛是夏天的一阵清风。鲍鱼等海味粽也出现在人们的视野中，鲍鱼的鲜美与糯米的醇厚完美融合，每一口都像是大海的馈赠。这些新式粽子成为市场上的新宠，它们就像一群穿着时尚新衣的传统文化使者，不仅口感独特，更代表着年轻一代在继承传统文化的同时，也在不断地创新和发展。这种继承与创新的结合，恰似一场精彩的舞蹈，是对端午节深情的演绎。

如今，在湛江的大街小巷，饮食店里到处可见粽子的身影。粽子不再仅仅是端午节的专属美食，它已经融入人们的日常生活，成为湛江人日常生活中的一抹甜蜜。

我已经很少亲自动手包粽子了，但过端午节的习俗却依然像一颗永不熄灭的星星，在我心中闪耀。无论是传统的草药、粽子，还是新式的口味和形式，它们都是端午节不可或缺的一部分。它们如同一条奔腾不息的河流，将过去与现在连接起来，共同构成了这个节日的丰富内涵和独特魅力。端午节前夕，我依旧会到市场精心挑选草药回来煮水，让全家洗浴，在门前挂上艾草，再买上几个粽子给孩子吃。我这样做，不仅仅是一种简单的行为重复，更是希望下一代不要忘记优秀传统文化，要像守护宝藏一样，将它发扬光大，让传统文化在岁月的长河中代代相传，不断地焕发出新的光彩。

　　九月，骄阳似火，气温每日都在 34 度左右徘徊。我国第 40 个教师节即将来临，然而，有一位女教师却再也无法与学生一同庆祝这个属于她的节日了！她叫徐升华，是我的同事。在英年之际悄然离去，留下了出生才几天的女儿、悲伤的亲人，还有无尽的思念。

　　徐老师是一位英语老师。她身材高挑，长发飘飘，笑容甜美。第一次见到她时，她那优雅的身姿、乌黑的长发和温暖的笑容，就深深地印在了我的脑海里。

　　在课堂上，徐老师的标准发音和生动讲解，仿佛为学生打开了一扇通往广阔世界的大门。她总是耐心地纠正学生每一个发音错误，细心地解答他们每一个疑问。记得有一次，有一个男学生的发音总是不准确，徐老师一遍又一遍地示范，她微微侧着头，嘴唇轻启，发出标准的音节，然后用鼓励的眼神看着他，让他跟着她重复。直到他完全掌握为止。她的认真和负责，让学生在英语的海洋中尽情遨游。

　　徐老师不仅传授知识，更用自己的人格魅力影响着学生。她善良、敬业、执着，是学生心中的榜样。她总是鼓励学生勇敢追求梦想，告诉他们只要努力，总有一天能实现自己的目标。有一次，一个来自农村的男生在学习上遇到了困难，想要放弃。徐老师找到他，轻轻拍着他的肩膀，温柔地说："别灰心，孩子。你看这英语单词就像一个个小挑战，只要你有勇气去面对，就一定能战胜它们。"她的教诲如同一盏明灯，照亮了学生前行的道路。

还有一次，课堂上进行小组讨论，徐老师在教室里来回走动，时而弯腰倾听学生们的讨论，时而微笑着点头给予肯定。当她听到一个精彩的观点时，会兴奋地拍手称赞，那明亮的眼睛里满是喜悦和欣慰。她就像一个温暖的太阳，照耀着每一个学生。

有一天，徐老师找到我，说学校的高考备考会准备让她发言，她不知道该怎么办。我用蹩脚的英语说："I don't know！"她瞪大眼睛看着我，惊讶地说："韩主席，您也会英语？"我又说了几句土味英语，然后告诉她，发言就像我这种不懂英语的人，只要勇敢地把自己的付出说出来，别人是不敢笑话的。她点点头说："我知道怎么做了。"

那天的备考会，徐老师像在课堂上讲课那样，从容淡定地分享了她的经验。这可能是徐老师短暂的一生中，唯一的一次上主席台发言吧！

在徐老师人生最灿烂的时刻，在她的女儿出生才几天、她的脸上才挂着初为人母的喜悦时，病魔将她夺走了！命运是如此的残忍！我在学校群里悼念她，边发消息边泣不成声。昨天还站在讲台上，热情如火地向学生传授知识，今天这个如花的年轻生命就像流星般流逝了，这是真的吗？很多同事不相信命运如此无常，打电话向我求证。我边流泪边发火："我会拿同事的生命开玩笑吗？！"

我站在学校的荣誉栏前，看着获得"2023 年度优秀教师"的徐老师的照片，她留着披肩发，大大的眼睛，笑容灿烂。

徐老师的阳光乐观、积极向上精神也永远留在了学生的心中。在这个教师节，学生们怀念徐老师，感恩她曾经为教育事业付出的一切。徐老师虽然没有耀眼的教学成果，但那像小山一样的教案，是著名教育家陶行知先生"捧着一颗心来，不带半根草去"的真实写照，是兢兢业业、任劳任怨的缩影。

虽然徐老师已离去，但她的教育事业将永远延续下去。她的学生们将带着她的期望和祝福，继续前行。而她的同事，也将以她的精神为榜样，努力做好自己的工作，为教育事业贡献自己的力量。

徐老师就像一颗美丽的流星，短暂，却照亮了学生的天空。天堂没有病痛，愿徐老师在天堂安息，教师节快乐！

# 非常春天

噼里啪啦，一场骤然而至的雨，敲打着纱窗。还有那隐隐传来的雷声，一阵又一阵，像海潮一样一波一波地涌来。

这是春雨。春雨贵如油啊！我冲至窗台，只见那吊在铁栏上的绿萝悠悠地荡着，绿的藤条下，有着细细的黄芽。被春雨洗过的绿叶格外碧绿，伴随微微的春风轻舞。

"律回岁晚冰霜少，春到人间草木知。"按照农历的说法，立春至立夏这一段时间，都是春天。现在立春已至，春雨，春雷，绿萝，是春天的符号。

我打开窗子，雨丝扑面而来。楼下的胭脂树、紫薇花树，生机盎然，碧绿得分外耀眼。

啊，严寒退去，春天赶来了！

但这是一个非常的春天。

庚子年初，新冠病毒感染的肺炎在武汉肆虐，并且向外蔓延。为保证其他省、城市的安全，把有可能传染的人局限在武汉，国家以断臂的壮举决定武汉封城。之后，全国各地的医护人员、军人等勇士援助武汉，一般人在家里防控疫情，以免感染，传染。可以说，为打赢这场战"疫"，全国自上至下投入大量的人力物力，人人都是责任者。

让我感动的是钟南山、李兰娟院士，以及众多的白衣战士，他们没空看新闻，读报纸，更无暇想象青青的草地，淙淙的溪水，呢喃的燕子。他们穿着一身笨重的防护服，正日夜不停地战斗在抗击新冠肺炎病毒的最前线！

从1月23日武汉封城到现在，多少天了？换位思考，如果你是医生护士，有家不能回，能做到吗？如果你是军人，孩子才6个月大，能为了救人而义无反顾地离开吗？如果你是共产党员，能高呼着"我是党员我先上"吗？这些勇士做到了！

2月初，我生活的城市又有一批由湛江各大医院医护精英组成的"最美逆行者"，北上赴湖北援助。有不少90后护士主动申请去。好心人提醒她们湖北太危险了，为什么要去？她们反问，为什么不能是我？

"退缩会让疫情更加严重，不管是因为自己的救死扶伤的天使梦，还是为国家贡献力量的使命感，我都当仁不让地申请去。"

"如果每个医护工作者都只想着自己，那还有谁会去帮助那些病毒感染者？疫情什么时候才能打败？这是我的使命也是我的责任。"

他们没有豪言壮语，只有不忘初心的纯朴。通过这些朴实无华的语言，我们看到年轻一代"逆行者"美丽的心灵，纯洁的灵魂，敢于担当的精神。看到他们渐行渐远的身影消失在春天里，我为他们感动，为他们自豪。

什么叫民族魂？什么是民族的脊梁？什么叫中国精神？看，这些"逆行者"就是！他们是这个春天最美的风景。

我是一名普通人，不能像他们一样能当"逆行者"。除了单位安排的值班和隔几天出去买菜，其他时间，我跟绝大多数老百姓一样，响应号召，闭门关户，在后方严防死守，不添乱，做出我应有的贡献。每天读书，看手机，关注疫情，配合作协的工作写抗疫作品……

我和春天隔着一扇门。

前几天，我看到一则新闻：黑龙江省齐齐哈尔市公安局铁路分局新工地派出所副所长王春天，因为执行疫情防控，劳累过度，突发心脏病，永远倒下了！在这场抗击病毒的阻击战中，牺牲了多少个像王春天一样平凡的英雄？！

王春天，多么美好而诗意的名字！你一定见过哈尔滨的紫丁香，兴安的杜鹃吧？你是不是计划疫情过后和家人一起好好地赏春？你看到了吗？你身后成千上万和你一样的人民警察、解放军战士、医护人员、普通民众都在自觉地守护春天！他们和你一样都是战士，是英雄。

"东风吹散梅梢雪，一夜挽回天下春。"王春天，你为了祖国明媚的春天，倒在凯歌将响的春天，生命定格在跟你名字一样的季节。我们不会忘记英雄的春天，春天的身影。

英雄的春天永驻！

早已进入春天了，疫情依然严重，拐点还没有出现，人们又多了一层焦虑：工作、生产怎么办？

党中央非常重视复工复产，做了重要指示，精准施策，多措并举，推进规上企业疫情防控和有序复工复产，确保防控疫情与复工复产两手抓两不误。国务院联防联控机制印发《企事业单位复工复产疫情防控措施指南》。全国各地陆续传来复工复产的消息，一手抓防控疫情，一手抓生产。

女儿在2月3日就回深圳上班了，她的公司复工复产比较早。公司出于防控疫情考虑，员工不用回公司坐班，通过软件打卡，在家听从公司的安排，工作基本上在家完成。

今天，我跟一个在东北工作的学生华明聊天。他告诉我，这个春节他不回家过年，早就回厂上班了。工厂采取轮流错开的形式上班，生产的医用防护物资飞向全国各地，尤其是武汉，有效地解决医用物资紧缺的问题，为保障白衣天使、前线战士的生命安全尽一份力。

他还特意在工厂门口拍了一张照片发给我看。相片中，远处是皑皑的白雪，近处是红底白字的宣传横幅，十分醒目。我清楚地看到，里面写道：坚持一手抓好疫情防控、一手抓好复工复产，奋力夺取疫情防控和经济社会发展"双胜利"。

照片上的他穿着绿色的风衣，戴着蓝色的口罩。个子高高的他，像是春天里一棵挺拔的白杨树，生机勃勃，充满春的气息。我的心顿时也是春暖花开。

春天，复活了！

这个春天，不一样！

第二辑

星辰轨迹·
名人的璀璨之路

# 姜子牙，熬过无人问津的岁月

　　自古以来，出身低微的优秀者往往像一颗种子，在破土而出之前，都有一段无人问津的寂寞时光，那是深深扎根于黑暗土壤的岁月。姜子牙的一生，便是这样。

　　姜子牙，生活于商朝末年至周朝初期，是中国古代一位极具传奇色彩的人物。他胸怀壮志，对治国安邦和军事谋略有浓厚的兴趣与深入的钻研。他在简陋的屋舍之中，借着微弱的烛光，埋头苦读。在那个知识传播并不便捷的时代，他四处搜集典籍，向有学问的长者请教，不断充实自己的学识。他的命运在起步阶段就遭遇重重阻碍，可谓极度不得志。当时的社会环境，阶层分明，门第观念森严，姜子牙出身低微，这一身份如同沉重的枷锁，限制了他的发展。尽管他拥有非凡的才华，却得不到他人的认可。他试图在地方上谋得一官半职，以施展自己的抱负，但每一次都被拒之门外。那些有权有势之人，看到的仅仅是他寒微的出身，根本无暇去考量他内心所蕴藏的巨大能量。他的建议和谋略无人问津，在人们眼中，他不过是一个不切实际的空想者。在这样的社会环境下，姜子牙就像一颗被遗落在尘埃中的明珠，尽管散发着光芒，却被周围的黑暗所掩盖。

在那些无人问津的日子里，孤独的姜子牙在知识的旷野里默默探索。他试图在诸侯纷争的乱世中，寻找一方可以施展抱负的舞台。为此，他背着行囊，踏上了游说诸侯的漫长旅途。

他走进一个个诸侯的领地，站在诸侯的朝堂之上，面对那些沉浸在武力征伐中的君主，滔滔不绝地讲述着自己精心谋划的治国方略，从军事的排兵布阵到民生的休养生息，涵盖了治理国家的方方面面。可是，那些诸侯眼中看到的只是眼前的土地和人口，是一场又一场战争带来的直接利益。他们对姜子牙这个看似平凡无奇的人所提出的宏图伟略，或是置若罔闻，或是嗤之以鼻。在他们看来，姜子牙不过是一个空有理论而缺乏实际影响力的小人物。

姜子牙一次次地被忽视，一次次地被拒绝，但他不放弃。他又从一个诸侯的领地辗转到另一个诸侯的领地，就像一只孤雁在风雨中寻找栖息地。他的衣衫在旅途中变得破旧，他的脚步也逐渐变得沉重，但他心中的信念却从未有过丝毫动摇。在诸侯争霸的舞台边缘，他默默地忍受着孤独与落寞。

在商朝，姜子牙曾经获得了一个小官的职位。那是一个黑暗而腐败的官场环境，他身处其中，却犹如青莲出淤泥而不染。周围的官员们钩心斗角、贪污腐败，百姓在苛政下苦不堪言。他深知，这样的环境无法实现自己心中的理想。于是，他毅然决然地离开，哪怕前方是更加未知的艰难险阻。

离开商朝后的姜子牙，生活陷入了极度的困苦之中。他常常食不果腹，居无定所。有时，他只能在荒郊野外的破庙中暂避风雨。夜晚，当寒风呼啸着穿过破庙的门窗，他蜷缩在角落里，身体因饥饿而瑟瑟发抖。但在他的脑海中，依然回荡着那些治国安邦的策略、军事谋略的智慧。他就像一位在黑暗中坚守灯塔的守望者，虽然孤独，但心中的光芒从未熄灭。

岁月无情地流逝，姜子牙逐渐步入了老年。他来到了渭水之滨，坐在岸边，手持钓竿，开始了一种奇特的垂钓方式——用直钩钓鱼。周围的人都对他的行为感到诧异，有人嘲笑他的愚笨，有人对他的古怪举动投来疑惑的目光。但姜子牙却不为所动，他的目光穿过了眼前的渭水，看向了更遥远的未来。

有一天，周文王路过渭水之滨，被姜子牙奇特的钓鱼方式所吸引。他走近姜子牙，看到的是一位面容沧桑但眼神深邃的老者。他们开始交谈，姜子牙的话语如同黄钟大吕，充满了智慧和力量。他对天下大势的分析，对治国理政的见解，对军事战略的把握，都让周文王大为惊叹。

周文王当即尊姜子牙为太师，姜子牙的人生从此开启了新的篇章。他开始辅佐周文王及其子周武王，他的才华如同决堤的洪水，汹涌而出。他精心制定了一系列战略方针，每一个方针都像是一把精心打造的钥匙，打开了周文王发展壮大的大门。在他的谋划下，周文王的领土不断扩充，实力日益增强。

牧野之战，是一场决定商周命运的关键战役。姜子牙站在周军的指挥台上，白发在风中飘扬，眼神中透着坚毅。他的每一个指令都准确无误，士兵们在他的指挥下勇往直前。商军在周军的猛烈攻击下节节败退，最终，商朝的统治被推翻，周朝建立。

姜子牙的一生，大部分时光都在无人问津的困境中度过。他在漫长的岁月里默默地扎根，将自己的知识、经验、信念深深地植入生命的土壤。他没有被外界的冷漠和困境所打败，而是在无人喝彩的日子里，不断地磨砺自己，丰富自己。他的故事告诉人们，人生就像是一场漫长的旅程，途中会有许多暗淡的时光，会有无人问津的孤独与落寞。但这些都是成长的必经之路，是扎根的过程。

每一个在平凡的日子里默默坚持的人，都如同姜子牙一样，正在为未来的绽放积蓄力量。无论外界如何喧嚣或冷漠，只要心中怀揣着梦想，并坚定不移地为之努力，总有一天，那深埋于地下的根会支撑起参天的大树，那被岁月尘封的才华会闪耀出最耀眼的光芒。姜子牙的故事激励着人们，在面对生活中的困境时，要保持那份执着与信念，熬过无人问津的时光，去迎接属于自己的高光时刻。

　　袁隆平，一位伟大的农业科学家。他以杂交水稻研究的卓越成果闻名于世。通过不懈努力，他突破传统认知的禁锢，大幅提高水稻产量，不仅解决了中国众多人口的温饱问题，还为全球粮食安全做出不可磨灭的贡献，是当之无愧的"杂交水稻之父"。

　　1930 年，袁隆平生于北京。童年与少年时期，他对土地和自然便怀着一种难以言喻的亲近之感。北京的胡同巷陌间，那些在墙根下顽强生长的花草，偶尔路过城郊瞥见的农田，如同点点星火，在他幼小的心中种下了对植物最初的好奇的种子。

　　后来，他回到江西德安，乡村生活像是一把钥匙，开启了他深入农业世界的大门。在那里，他看到农民们每日迎着晨曦出门，背着星光归家；双手在土地里不停翻耕，汗水洒落在每一寸田垄上，然而收获却总是不尽如人意。那时候，粮食产量就像被一只无形的手扼住了咽喉，受限于各种因素，很多家庭都在温饱线上苦苦挣扎。

　　袁隆平记得有一次，邻家的阿伯对着干瘪的谷仓唉声叹气，阿伯的小孙子在一旁嚷着肚子饿。阿伯无奈地抚摸着孩子的头说："娃啊，粮食不够，咱得省着点吃。"袁隆平看着这一幕，心中像被重重捶了一下。

他深知粮食对于人的重要性，就像生命的基石一样不可或缺。从那时起，他便在心中默默立下誓言，一定要改变这种现状，让所有人都能吃饱饭。这个信念，如同夜空中最亮的星，在他前行的道路上散发着坚定不移的光芒。

20世纪60年代初，"水稻是自花授粉作物，没有杂交优势"这一世界经典著作中的定论，如同一道不可逾越的天堑，沉重地禁锢着人们对水稻增产的探索。"没有探索，怎么就知道一定不行呢？"袁隆平不被权威的诊断吓倒。

在稻田里，他如一位执着的寻宝者，眼神紧紧盯住每一株稻穗，不放过任何细微之处。当他偶然发现那株"鹤立鸡群"的稻穗时，就像发现新大陆一般兴奋。他急忙把周围的助手叫过来，指着那株稻穗激动地说："你们看，这株稻穗很不一样啊，它的饱满度和生长态势都非常特别，这里面一定有文章！"助手们却有些疑惑，有人小声嘀咕："袁老师，这会不会只是偶然现象呢？书上可是说水稻没有杂交优势的。"袁隆平皱了皱眉头说："书上的定论不一定就是完全正确的，我们要相信自己的眼睛和判断。"凭借自己多年对水稻的深入研究和敏锐的直觉，他悟出了天然杂交水稻的道理。

1964年，袁隆平正式踏上了寻找天然雄性不育水稻的艰难征程。那是一段无比艰辛的岁月，每一步都充满汗水与挑战。南方的夏日，稻田里酷热难耐，阳光如同火焰般无情地炙烤着大地，空气中仿佛都弥漫着灼人的热浪。

袁隆平头戴一顶破旧的草帽，身着一件洗得发白的旧衬衫，弯着腰在田间仔细地劳作。每一行稻子都长得密密麻麻，他只能小心翼翼地在其间前行，一垄垄、一行行地检查着，仿佛在探寻着深藏于稻田间的宝藏。汗水像断了线的珠子，不停地从他的额头滚落，湿透了他的衣衫，常常模糊了他的视线。他却只是随手抹一把，便又继续专注于手中的工作。

有一次，烈日高悬，稻田里像蒸笼一般闷热。袁隆平已经在田间连续工作了好几个小时，他的身体开始不听使唤地摇晃起来。一旁的助手担忧地说："袁老师，您已经工作很久了，休息一下吧，这样下去身体会吃不消的。"袁隆平摆了摆手，声音有些沙哑却很坚定："现在正是关键时期，每一株稻穗都可能是我们要找的，不能错过啊。"话还没说完，他突然眼前一黑，整个人向前栽倒在稻田里。周围的助手们见状，急忙跑过来将他扶起。助手着急地说："袁老师，您都晕倒了，必须得回去好好休息！"袁隆平在田埂上缓了缓神，喝了几口水，虚弱地说："我没事，还有很多稻穗没检查呢。"说完，他又倔强地重新走进了稻田，继续那看似永无止境的寻找。

就这样，日复一日，年复一年。1970年的一天，袁隆平像往常一样在稻田里仔细搜寻着，突然，他的脸上露出了激动的神情，声音都有些颤抖："找到了，找到了，这就是'野败'啊！"助手们纷纷围过来，看着那株特殊的稻株，大家满是惊喜。袁隆平布满皱纹的脸上绽放出欣慰的笑容，那笑容里饱含着多年坚韧不拔的毅力所换来的胜利的喜悦。

在杂交水稻研究的漫长过程中，袁隆平的创新精神贯穿其中。简陋的实验室里堆满了如山的资料，袁隆平坐在桌前，对着满桌的资料时而沉思，时而奋笔疾书。助手不解地问："袁老师，我们已经取得了'三系法'籼型杂交水稻的成功，为什么还要继续探索'两系法'呢？这不是给自己找麻烦吗？"袁隆平推了推眼镜，认真地说："科学研究是没有止境的，我们不能满足于现有的成果。'两系法'如果成功了，将会使杂交水稻的产量更上一层楼，能让更多的人吃饱饭啊！"

他不断尝试新的杂交组合，精心布局每一块试验田。在试验田里，他仔细地标记每一株水稻的品种和特性，像对待自己的孩子一样精心呵护着。他常常蹲在田边，眼睛紧紧盯着水稻，嘴里还念叨着：这一株的生长速度有点慢，是不是光照不够呢？那一块的水稻颜色不太对劲，得调整一下施肥量。有时候，为了验证一个新的想法，他会亲自在田间守上几天几夜，不顾蚊虫叮咬和夜晚的寒冷。他就像一个不知疲倦的开拓者，永远向着更高的产量目标奋勇前行。

袁隆平的无私奉献精神也贯穿于他的整个科研生涯。20世纪70年代，他的研究小组经过不懈努力取得了重要的研究成果。当大家都在为这一成果而欢呼雀跃时，袁隆平却做出了一个令人钦佩的决定：把研究小组发现的相关材料毫无保留地分送给全国18个研究单位。

当时，他的一个助手惊讶地说："袁老师，这些材料可是我们辛苦得来的，就这样分出去，是不是太可惜了？"袁隆平笑着说："杂交水稻事业不是我一个人的事业，也不是我们这个小组的事业，而是大家的事业。只有大家一起努力，才能让更多的人吃饱饭。我们不能只想着自己，要把眼光放长远些。"

他还把自己获得的联合国教科文组织颁发的科学奖和世界粮食奖等奖金全部捐献出来，设立奖励基金。在设立基金的过程中，他亲自参与每一个环节。他和负责基金事务的工作人员讨论奖励规则时说："这个奖励规则一定要公平公正，要能够真正激励那些为农业科研做出贡献的人。"在挑选评审人员时，他更是慎重，仔细查看每一个候选人的资料，对工作人员说："这些评审人员必须是德才兼备的，他们的评判将关系到基金能否发挥最大的作用。"

袁隆平脚踏实地的工作作风更是他的一大特色。他的生活几乎与稻田融为一体。每天清晨,当第一缕阳光温柔地洒在稻田上,袁隆平就已经像往常一样在田间忙碌起来了。他仔细查看水稻的叶片颜色,用手轻轻触摸稻穗,感受它们的饱满程度,嘴里还不时地喃喃自语:"这片叶子有点发黄,是不是缺营养了呢?这个稻穗长得还不错,看来最近的管理有效果。"

他常常因为专注于水稻的生长情况而忘记了时间,中午就在田边简单吃点干粮,然后又接着工作。有一次,一位记者前来采访他,看到他满身泥土,便说:"袁老,您都这么大年纪了,还这么辛苦地在田间劳作,您可是大科学家啊,应该多休息休息,把这些工作交给年轻人就行了。"袁隆平抬起头,笑着说:"我就是个农民科学家,我的工作就在这稻田里。离开了稻田,我就像鱼儿离开了水,浑身不自在呢。"

袁隆平的胸怀天下,让他的形象更是高大。他的目光不仅仅停留在国内,他梦想着杂交水稻能够覆盖全球,让世界上每一个角落的人都能摆脱饥饿。

有一次,他到一个贫困国家推广杂交水稻技术。当地的农民对新的种植技术充满了疑虑,一位老农皱着眉头对他说:"袁先生,我们一直都是按照老办法种水稻的,你这个新技术我们没试过,不知道靠不靠谱,要是产量没保证,我们可就没饭吃了。"袁隆平耐心地解释道:"杂交水稻技术在我家已经取得了很好的效果,产量比传统水稻高很多呢。我会在这里陪着大家一起种,有任何问题我都会及时解决的。"

于是,他亲自下田,带着当地的农民一起插秧、施肥、灌溉。在水稻生长期间,他定期到田间查看,每次看到问题都会细心地给农民讲解解决办法。收获的季节到了。看到杂交水稻产量大幅提高时,当地的农民们欢呼雀跃，那位老农紧紧握着袁隆平的手，激动地说："袁先生，您真是我们的恩人啊，多亏了您的技术，我们今年的收成太好了。"袁隆平微笑着说："这是大家共同努力的结果，希望以后你们的粮食越来越多，再也不用为温饱发愁了。"袁隆平用自己的实际行动，将中国的杂交水稻技术传播到世界各地，为解决全球粮食问题贡献了自己的力量，造福了全人类。

# 华罗庚，困境中拼命的数学巨匠

每一个人的生命都是一段充满未知与挑战的旅程。华罗庚的青少年时期，便是这样一段用拼命书写传奇的岁月。他的故事是一曲激昂的奋斗之歌，奏响了"未来的你，一定会感激如今拼命的自己"的最强音。

1910 年，华罗庚诞生于江苏省金坛市的一个贫穷家庭。他的父母守着一家小小的杂货铺，微薄的收入艰难地维持着一家的生计。在这样的家庭环境下，华罗庚的求学之路从一开始就布满了荆棘。他就像在贫瘠土壤中顽强生长的种子，凭借着对知识的渴望和努力，艰难地读完了小学，又考上了初中。

在初中时，华罗庚就已显露出非凡的数学才华。在课堂上，数学老师王维克提出问题："今有物不知其数，三三数之剩二，五五数之剩三，七七数之剩二，问物几何？"教室里一片寂静，同学们都在苦苦思索，愁眉不展。华罗庚经过短暂的思考，镇定地给出了答案"23"。"哗，真厉害！"老师和同学们都发出惊叹声。

尽管华罗庚在学校里如同饥饿的人扑在面包上一样努力学习，可贫穷的家实在难以承担那日益增加的学费负担。最终，他不得不从上海中华职业学校退学。

华罗庚退学后，回到家乡江苏金坛，帮助父亲料理杂货铺。尽管生活艰苦，但他对数学的热爱从未减退。他像一位孤独的行者，在没有老师引导、没有学校氛围的自学之路上坚定地前行，展现出惊人的毅力和智慧。他利用在杂货铺的空闲时间，如饥似渴地阅读借来的数学书籍。晚上，他常常点着昏暗的油灯，沉浸在数学的世界中，钻研各种数学问题。遇到不懂的地方，他会反复思考、尝试不同的解法，不断地进行推导和验证。

他不满足于书本上简单的知识，而是向着更深处、更复杂的领域进发。每一个数学难题都是他前进路上的一座山峰，他凭借着顽强的毅力和对知识的无限热爱，努力攀登。

1929 年，命运又给华罗庚带来了沉重的打击。金坛城里的伤寒病如恶魔般肆虐，19 岁的他未能幸免。他的身体遭受了重创，一病不起，虚弱到了极点。那半年的时光，仿佛是无尽的黑暗深渊。他的妻子吴筱元心急如焚，为了给他请医买药，偷偷将自己陪嫁的衣物和首饰送进当铺。那些曾经承载着美好期望的物件，如今成了挽救华罗庚生命的希望筹码。可请来的郎中们一个个摇头叹息，都认为他已病入膏肓，无药可救。吴筱元却始终不肯放弃，守在华罗庚的病床前，如同守护着最后的希望之光。

华罗庚顽强地与病魔作斗争，最终逃出死神的魔爪，但逃不过终身残疾的厄运。他的左腿行动不便，走路时左腿要先画一个圈，右腿再迈上一小步。华罗庚坦然面对，幽默地将这种独特的步伐形容为"圆与切线的运动"。他没有沉浸在身体残疾的痛苦中，坚定地宣称：要用健全的头脑代替不健全的双腿。他知道，自己的梦想在远方，身体的残疾不能成为他前进的阻碍，只能成为他更加拼命努力的动力。

经过长时间的深入自学和研究，华罗庚对数学有了独特而深刻的见解。在数学的知识海洋里，他发现了苏家驹在代数的五次方程式解法中的问题。他怀着对真理的敬畏和执着，撰写论文《苏家驹之代数的五次方程式解法不能成立之理由》。当时，他不过是一个默默无闻、没有任何名气的青年，他的论文遭到了质疑。但华罗庚坚信自己的观点是正确的，他就像一位孤勇者，在真理的道路上坚守着自己的信念。

1930 年，命运终于为这位拼命努力的青年打开了一扇通往希望的大门。华罗庚的论文在《科学》杂志上发表，犹如一声惊雷在数学界炸开，引起了巨大的轰动。清华大学数学系主任熊庆来教授看到这篇论文后，对华罗庚的才华大为赞赏，决定破格录取他到清华大学担任数学系助理员。

"锲而不舍，金石可镂"，华罗庚终于拥有了一个更好的平台，能够在数学的广阔天地里尽情驰骋。

华罗庚青少年时期的经历，就像一部充满励志与感动的奋斗史。他在贫穷、疾病、残疾和质疑的重重困境下，始终拼命努力。他的坚持，他的拼搏，都是在为自己的未来播种希望的种子。而这些种子，在他日后的人生中长成了参天大树，让他成为著名的数学家。

华罗庚的故事告诉我们，无论生活给予多少苦难，无论前方的道路多么崎岖，只要我们努力，未来的自己一定会感激现在这个不顾一切奋斗的自己。因为在这拼命努力的过程中，我们收获的不仅仅是成功的果实，更是一种坚韧不拔的精神，一种在困境中永不言弃的信念。这些将成为我们生命中最宝贵的财富，伴随我们走向更远的远方。

# 屠呦呦，走
# 少有人走的
# 路

屠呦呦出生于浙江宁波。她的家就像很多普通人家一样，没什么特别的，但是家里充满了文化的气息。她的父母都是很有教养的人，他们的一言一行就像春雨一样，悄悄地滋润着屠呦呦的心，让她从小就对知识充满了渴望。

小时候的屠呦呦，是个安安静静的乖孩子，特别爱学习。慢慢长大的她，对科学研究越来越感兴趣。那时候，疟疾如恶魔般在世间游荡，吞噬着无数鲜活的生命。屠呦呦就想，我一定要找到办法来对付它。

20 世纪 60 年代，氯喹等抗疟药物纷纷失效，疟疾如黑色的风暴席卷大地，无数村庄陷入死寂，孩童的啼哭被死亡的气息淹没，在这样的绝境下，寻找抗疟新药迫在眉睫。

屠呦呦从北京大学医学院药学系毕业后，带着扎实的学识与无畏的勇气，投身于这场没有硝烟的战争。寻找能打败疟疾的药物，这是一条非常难走的路。

屠呦呦如执着的探秘者，率领研究小组一头扎进了浩如烟海的中药世界。科研环境很艰苦，所在的团队，没有那些高大上的实验设备，只有一些很简单甚至有点破旧的仪器。他们工作的地方也不大，到处都摆满了瓶瓶罐罐。

他们要从老祖宗传下来的中医药方里找灵感，这就像在大海里捞针一样困难。要从数不清的中医药典籍里找线索，还要从一大堆草药里挑出可能有用的东西，每一味都是一个未知的谜题。无数个日夜，他们在实验室中穿梭，从六百多种可能有效的草药里艰难探寻，三百多种提取物在手中反复试验。希望的微光总是转瞬即逝，青蒿提取物初期的成果如泡沫般在后续实验中破碎，矛盾与困惑如荆棘般缠绕。

屠呦呦的心中也曾泛起过一丝迷茫，但那对拯救生命的强烈渴望如同一团燃烧的火焰，瞬间驱散了阴霾，她坚定地告诉自己，一定要坚持下去。

屠呦呦看到在古籍的残卷中，东晋葛洪的《肘后备急方》有记载："青蒿一握，以水二升渍，绞取汁，尽服之。"凭着对传统中医药文化的深入了解，她大胆设想，传统加热提取或许是错的方向。于是，改用乙醚萃取黄花蒿的征程开启。一次次失败，一次次重新站起，那是怎样的坚韧与执着！终于，在 1971 年 10 月，成功获得了对疟原虫有 100% 抑制率的青蒿乙醚中性提取物。那一刻，实验室里的灯光仿佛都变得格外明亮，那是希望之光，是生命之光。

为了验证药物的安全性，屠呦呦和科研人员以身试药，他们将自己的健康和生命置于危险之中，只为给患者带来生的希望。

岁月不负有心人，1972 年 11 月，青蒿素如同破茧而出的蝴蝶，惊艳了世界。它如同一把神奇的宝剑，在抗疟的战场上所向披靡。从 2000 年到 2015 年，疟疾发病率、死亡率大幅下降，五百九十万个孩子的生命被挽救。它在其他医学领域也如星星之火，开启了新的希望。

2015 年 10 月 5 日，诺贝尔生理学或医学奖的桂冠戴在了屠呦呦的头上。她站在了世界的巅峰，让全世界看到了中国科学家的智慧与力量。青蒿素的成功不仅是一味药的胜利，更是中医药文化千年传承的有力见证，它像一把钥匙，打开了世界重新认识中国传统医学宝库的大门，激励着一代又一代的科研人从古老智慧中汲取力量，奋勇前行。

世人敬仰屠呦呦的奉献。她用行动诠释了坚持与创新的力量，告诉我们，哪怕前路无人问津，只要心怀希望，坚定前行，终能开辟出一条拯救生命、造福人类的光明大道。

从屠呦呦的故事里，我们明白这样的道理：很难走的路，走的人就是少。因为很多人都怕困难，怕失败，没有坚持下去的勇气。可是，往往就是这些难走的路，最后能通向特别伟大的成就。那些不怕困难，敢自己一个人去探索没人走过的路的人，最后往往能做出了不起的事情。

　　任正非是华为技术有限公司主要创始人。他极具商业智慧和领导才能，带领华为从一个小公司成长为全球通信行业的巨头。

　　回首往昔岁月，任正非的起步之路布满了荆棘与坎坷。1983 年，那是他生命中一段刻骨铭心的经历。转业来到深圳南海石油后勤服务基地的他，本以为开启了一段安稳的职业生涯，没想到命运给他设下了一道严峻的关卡：由于工作中的一次失误，南海石油公司被骗去了整整 200 万！这个数字在当时无疑是一个天文数字。尽管任正非全力以赴地进行补救，可结果却未能改变他被南油集团开除的命运。在这样沉重的打击面前，许多人或许会陷入无尽的哀怨，不断质问："为什么这种事发生在我身上？"但任正非却与众不同，思索这一事件背后隐藏的意义。

　　1987 年 10 月，任正非以一种破釜沉舟的勇气，带着仅有的 21000 元资金，携手合伙人毅然投身于商海的浪潮之中，创立了华为。创业初期的华为，资源匮乏，市场竞争激烈。还有技术难题、人才短缺……一个个难题如同巨石般横亘在任正非的面前。当时，华为的业务方向并不明确，尝试涉足多个领域，例如，售卖减肥药、推销火灾报警器等，但都以失败告终。任正非并不气馁，依然坚定地寻找着通往成功的道路。

在一次偶然的机会，华为成为香港鸿年公司的代理商，负责销售小型程控交换机。任正非敏锐地察觉到了这个机会背后隐藏的巨大潜力，带领团队全身心地投入其中。经过数年的不懈努力，经历无数次失败的打击后，华为终于在这个领域积攒下了创业的第一桶金。

华为的发展历程恰似一艘在波涛汹涌的大海中破浪前行的轮船，不断面临着狂风巨浪的袭击。1992 年，一场汹涌的风暴险些将华为这艘轮船掀翻。当时，华为推出了 jk1000 局用机项目，这本是一次充满希望的启航，由于研发人员对技术路线的判断失误，产品刚刚问世就面临着被市场淘汰的残酷命运。公司陷入了资金匮乏的泥沼之中。

资金缺口如同一个无底黑洞，急需填补。任正非面临着前所未有的巨大压力。在这个生死攸关的时刻，他展现出了非凡的勇气和决心。为了筹集资金，他四处奔波，求亲告友，甚至不惜借下高利贷。这是一场孤注一掷的豪赌，他将所有的希望都押在了容量更大、技术更先进的"C&C08"数字交换机项目上。在那段艰难的时光里，任正非日夜操劳，身心俱疲却从未有过一丝放弃的念头。他一边积极与供应商协商，争取延长付款周期以缓解资金链的紧张；一边鼓舞员工士气，凝聚团队力量。他深入研究市场动态，重新规划公司的发展方向。凭借着敏锐的商业洞察力，他果断决定将研发重点转向更具前瞻性的数字交换机领域。他带领研发团队日夜攻坚，终于让华为推出了具有竞争力的产品，逐步走出困境，在通信市场中站稳脚跟。

2001 年，整个 IT 行业仿佛被厚厚的冰雪所覆盖，陷入了极度的萧条之中，华为也深陷其中，无法独善其身。这一年，任正非遭受了多重打击。先是母亲的车祸身亡，悲痛如潮水般淹没了他。与此同时，国内业务由于任正非决定不涉足无线固话（小灵通技术），从而错过了中国区大量的"过冬粮食"。而海外无线业务还处于萌芽阶段，没能成为支撑公司发展的坚实力量。在这种内外交困的局面下，华为的现金流变得异常困难，公司的运营举步维艰。雪上加霜的是，华为部分骨干员工跳槽了。

任正非被抑郁症的阴影所笼罩，甚至产生过放弃自己生命的念头。但他最终选择坚强面对。他从痛苦中汲取力量，从困境中寻找生机，将这次危机视为命运又一次特殊的"礼物"，一次重新审视公司战略方向的契机。他开始重新调整华为的发展战略，带领华为顽强地在寒冬中坚守，等待春天的到来。

2019年5月，美国商务部将华为列入"实体清单"，禁止美国企业向华为出售相关技术和产品。这一举措直接影响到了华为的芯片供应、技术合作等核心业务领域，企图将华为困于发展的泥沼之中。美国的制裁措施如同坚固的枷锁，紧紧地束缚着华为的发展。面对美国的制裁风暴，任正非不纠结于"为什么遭受打压"这样的消极情绪，而是以一种思考这背后的深意，如何在困境中突破创新，实现自给自足。他积极带领华为展开自救行动，加大在研发领域的投入，鼓励科研人员勇于突破技术瓶颈，加快自主研发芯片等关键技术的步伐，减少对美国技术的依赖；积极拓展全球其他市场，与更多非美国家的企业建立合作关系，拓宽供应链渠道。

经过不懈努力，华为在芯片研发上取得了显著进展，同时通信业务在全球多个地区依然保持强劲的增长态势，5G技术更是在全球范围内得到广泛应用。华为不仅没有被美国的制裁打倒，反而在逆境中愈发强大，成为中国科技企业坚韧不拔、勇于创新的典范。任正非也以其高瞻远瞩的战略眼光和临危不惧的领袖风范赢得了广泛赞誉。华为的成功，不仅仅是一家企业的荣耀，更是中国科技力量崛起的象征。

在人生漫长的旅途中，困难与挫折总是不期而至。对待这些挫折的态度，决定了能否穿越风雨，铸就属于自己的传奇。如果总是一味地抱怨"为什么这种事发生在我身上"，那只会越陷越深，被困境所吞噬。

任正非以他波澜壮阔的传奇经历，阐明了这样一个深刻的道理：在风雨的洗礼中，不要抱怨命运的安排，而是要用心去领悟命运给予的每一次教诲，用坚定不移的信念和无所畏惧的勇气，铸就属于自己的辉煌传奇。

2024 年巴黎奥运会，跳水女子双人十米台决赛中，全红婵与队友陈芋汐并肩作战，配合如同双剑合璧，天衣无缝，以断崖式的领先优势稳稳地夺得了冠军。6 天后，全红婵再次用完美的表现，成功卫冕跳水女子 10 米台的冠军。加上 2020 年东京奥运跳水金牌，她成为中国奥运历史上最年轻的"三金王"。

人们称全红婵是"天才少女"，称赞她的成功，其实她的成功并非偶然，而是充满艰辛。

全红婵出生于广东湛江的一个普通农村家庭，兄妹 5 人，全靠父母种植果园为生，日子过得紧巴巴的。简陋的房屋，简单的衣食，脚穿几块钱的塑料拖鞋，便是全红婵贫寒生活的小小注脚。

2014 年，湛江市体育学校的教练陈华明走进了迈合校区选材。7 岁的全红婵弹跳力惊人，被陈教练一眼相中。就这样，她走市进体校，开启了她逆袭人生的跳水之旅。

全红婵不会游泳，一切从零开始。很快，她学会了游泳，然后开始训练跳水的基础项目。她的文化课不好，跳水成绩也不出色，但她特别能吃苦。每次回到宿舍，有的人喊苦喊累，但她从不喊。教练问她累不累时，她总是笑着说："还行！"这句话成了她的口头禅，也养成她的乐观精神。

后来，全红婵知道妈妈生病了，需要钱，觉得自己也要赚钱给妈妈治病。从此，她更加刻苦训练跳水。那是一种对体力和毅力的双重考验。每天，几百次的跳跃成为她生活的常态。炎炎夏日，骄阳似火，阳光无情地炙烤着大地，训练场上的她汗如雨下，那小小的身影在跳板和水池之间来回穿梭，每一次起跳都像是在与酷热的天气对抗。寒冷的冬日，冰冷的空气似乎能穿透骨髓，却无法冷却她心中那团炽热的火焰。渐渐地，她的跳水成绩越来越好。

2018年，11岁的全红婵被广东省跳水队破格录取，到广州集训。这期间，她更加刻苦训练，多次拿到省级跳水冠军。2020年10月，何威仪教练抱着见世面的心态，让年仅13岁的全红婵首次参加全国跳水冠军赛。这场比赛的对手有陈芋汐、张家齐、任茜等，都是在全国乃至世界跳水赛场上摘金夺银、荣誉等身的名将。半决赛结束后，全红婵的成绩并未跻身前三。到了决赛，局势却发生了惊人的反转。全红婵凭借着出色的发挥，一举击败众多世界冠军级别的强劲对手，成功逆袭，最终摘得金牌，初显"黑马"本色。凭此一跳，她顺利"跳进"国家跳水队。

2021年，14岁的全红婵取得参加东京奥运会的资格。她毫无国际比赛经验，外界并不是十分看好。在女单10米跳台决赛，她五跳三个满分，最终以惊人的466.20分破世界纪录，勇夺冠军，凭实力化解了他人的质疑。尤其是"水花消失术"的完美表现，让全世界惊艳。她一战成名，成为全世界备受瞩目的体育明星。

高光时刻过后，全红婵迎来了成长路上的一道险峻关卡——身体发育。体重的增加和身高的增长，让她在完成高难度的207C动作时，失去了以往的得心应手。曾经如行云流水的动作，如今却状况频出，入水时不再是那完美的"水花消失术"，而是溅起较大的水花。这让她在比赛中的得分大打折扣。在一些大赛中，每次都因207C的失误，痛失金牌。

全红婵也曾苦恼过，但并没有被困难打倒。在陈若琳教练的指导下，她开始了一场与自己身体和207C动作的艰苦较量。为了克服体重问题，她戒掉零食，严格控制饮食。每一口食物的摄入，都要计算着热量。针对207C，她把整个动作拆解开来，一个环节一个环节地反复练习。起跳的角度、空中的翻转速度、入水的姿势，每一个要素她都不放过。如果哪个动作不够完美，她马上重新跳，直到比较满意为止。

经过无数次的调整、训练，全红婵逐渐找到了应对身体发育影响的方法，207C这个动作也开始慢慢恢复到她的最佳水平。她的入水再次变得干净利落，那熟悉的"水花消失术"又开始重现。这个过程中，她流了多少汗水，受了多少伤痛，也许只有她自己和见证她努力的高高跳台知道。在接下来的大赛中，她连连夺冠。

2024年2月，在多哈世界泳联世锦赛中，全红婵获得女子单人10米跳台冠军。至此，她实现了奥运会、世锦赛、世界杯、亚运会女子单人10米台的金牌大满贯。

全红婵的逆袭故事就像一首激昂的交响曲，充满了高低起伏的旋律。她从贫寒的出身起步，凭借着天赋和对跳水的热爱，在艰苦的训练中坚持下来。她面对身体发育的难关，尤其是在克服207C动作的艰难过程中，展现出了令人惊叹的毅力和决心。她的成功不是偶然，而是一直以来的努力和坚持的必然结果。"不是所有的坚持都有结果，但总有一些坚持，能从冰封的土地里，培育出十万朵怒放的蔷薇。"全红婵用自己的经历，激励着无数人。她证明了，只要心中有梦想，并且愿意为之努力奋斗，哪怕出身于草根阶层，也能在世界舞台上发出耀眼的光芒。

## 俞敏洪，逆风向阳而生

在这个世界上，大多数人都来自平凡的家庭，没有优渥的家境，没有捷径可走。然而，总有那么一些人，他们凭借着自身的努力、坚韧和对梦想的执着追求，从平凡走向伟大，书写出令人惊叹的人生答卷。俞敏洪，便是这样一位从普通农村家庭走出的传奇人物。

俞敏洪的父母皆是朴实的农民，一辈子躬耕于土地。这样的家庭给予他的，除了质朴的品质，几乎没有能助力他在求学和事业道路上的资源。

他的高考历程满是崎岖。第一次高考失败，第二次高考希望再次破灭。可失败并未将他击垮，他内心有着强烈且坚定的信念——上大学，而且是名牌大学！这个信念如同灯塔，在追求知识的道路上闪闪发光。第三次高考，他终于叩开了北京大学的校门。

北大的校园对俞敏洪来说并非坦途。他带着浓重的农村口音，这使他与同学们交流时颇显突兀。他的基础知识和其他同学相比也薄弱许多，学习上困难重重。但俞敏洪有一股不服输的劲。他深知走到这一步的不易，于是格外珍惜这个机会。他每日早起晚睡，刻苦学习。为纠正口音，他不断练习发音，不放过任何一个与同学老师交流的机会，积极请教问题，弥补知识短板。他不因自己的低起点而自怨自艾，而是用努力来追赶差距。

毕业后，俞敏洪走上了创业的荆棘路。创业伊始，难题接踵而至，每一个困难都像是一座难以逾越的大山。

没有学生源，这是他面临的首要难题。他深知招生是事业起步的关键，于是，他亲自骑着那辆破旧的自行车，车后座捆着一大卷招生广告。每天，他穿梭在城市的大街小巷，从晨曦微露直到夕阳西下。电线杆成了他的"希望之柱"，他小心翼翼地把广告纸贴上去，动作迅速又专注，因为随时可能会被城管驱赶。夏日，骄阳似火，他顶着烈日，汗水湿透了衣衫，却顾不上擦一擦，一心只想多贴几张广告，多吸引几个学生。冬日，寒风凛冽，他的双手被冻得通红僵硬，也不敢停歇，那一张张广告仿佛是他播撒的希望种子。

师资匮乏的时候，他就像孤勇者独自坚守阵地。他独自承担起所有课程的教学任务，每天的日程被备课和讲课塞得满满当当。备课的时候，他坐在那间狭小昏暗的办公室里，周围堆满了各种教材和资料。他仔细研究每一个知识点，精心设计每一堂课的教学内容，从语法讲解到词汇扩展，从听力训练到口语练习，他都事无巨细地准备着。讲课的时候，他充满激情，声音在教室里回荡，尽管有时候因为连续上课而声音沙哑，但他依然竭尽全力，希望把自己所知道的一切都传授给为数不多的学生。

缺乏办学牌照，这又是一个巨大的阻碍。他四处打听，四处碰壁，但没有放弃。他了解到可以先租用别的公司的牌照，于是开始积极寻找合适的租用对象。在这个过程中，他既要确保租用的牌照能够满足自己的教学需求，又要与对方进行复杂的协商和谈判。他一边忙于教学事务，一边抽出时间来处理牌照的相关事宜，不断地在各个部门之间奔波，提交各种材料，回答各种问题，每一个环节都小心翼翼，生怕出一点差错，同时还要努力满足学生们的学习需求，保证教学质量不受影响。

教室不够用，他就把自己当成了一个万能的工匠。他找到的场地十分简陋，到处都是灰尘和杂物。他挽起袖子，拿起扫帚和抹布，亲自动手改造。他先把地面清扫干净，把杂物清理出去，然后仔细地擦拭每一个角落。墙壁破旧，他就想办法用便宜的材料进行简单的装饰，让教室看起来不再那么压抑。桌椅不够，他就四处去寻找二手的桌椅，然后亲自搬运回来，摆放整齐。他还亲自动手安装照明设备，让原本昏暗的教室变得明亮起来。在这个过程中，他不断地调整教室的布局，根据学生的数量和教学的需求，把教室划分成不同的功能区域，为学生创造出一个虽然简单但相对舒适的学习空间。

他还深入研究教学模式，从小班到大班不断摸索。这是一个充满挑战的过程。他观察每个学生的学习进度和接受能力，与学生们深入交流，了解他们的需求和困惑。对于小班教学，他注重个性化的辅导，针对每个学生的薄弱环节进行训练。他会为每个学生制定单独的学习计划，关注他们的每一点进步。而对于大班教学，他则要考虑如何在保证教学质量的前提下，让更多的学生受益。他精心设计教学环节，采用互动式的教学方法，鼓励学生们积极参与课堂讨论，提高他们的学习积极性。他依据学生需求和特点调整教学方法与课程设置，有时候为了一个教学方法的改进，他会反复思考、试验，不断征求学生的意见，直到找到最适合的方式。

拉业务的时候，他为了能成功合作放下所有架子。有一回，与潜在合作伙伴酒桌上谈合作，对方不停地劝酒，他为了拿下业务一杯接一杯地喝，那酒桌上的气氛紧张而压抑。他的胃里像火烧一样难受。周围的人在喧闹声中劝酒声不断，他却一心只想着如何让合作达成。他知道这可能是一个改变事业命运的机会，所以哪怕身体已经到达极限，他还是硬着头皮喝下去。最后，他喝到被送进 ICU 抢救了 5 个小时。即便如此，他也从未有过放弃的念头，因为他深信讲台就是他的归宿，教育事业是他一生的追求。

好不容易赚了些钱，又遭遇绑架。歹徒不仅卷走他的积蓄，还给他注射了可能致命的大型动物麻醉针。那是一个黑暗而恐怖的时刻，他在昏迷中生命垂危。但他似乎拥有顽强的生命力，中途苏醒过来，听到手机铃声，他用尽全身力气接通电话，那是好友打来的。他虚弱地求救，最终才得以幸存。经此生死劫，他更加坚定了把新东方做强做大的决心。他找来同学王强和徐小平，组成"三驾马车"合伙制。俞敏洪负责托福考试教学，徐小平负责签证咨询，王强负责英语口语教学。新东方迅速发展，盈利如龙卷风般增长，年收入达到 3 亿元，还在纽约成功上市。

然而，新东方的发展并非一帆风顺。随着规模扩大，合伙人之间产生了分歧。俞敏洪在处理这些分歧时，展现出非凡的包容心态和决策能力，确保了新东方的稳定发展。后来面临"双减"政策冲击，新东方股价暴跌 90%，市值蒸发 2000 多亿。这巨大的危机没有打倒俞敏洪。他果断退租 1500 个教学点，辞退 4 万名员工，结清遣散老师的工资，赔偿该赔偿的，退还学生学费。同时积极探索新出路，带领新东方转型电商直播。其独特的"带货 + 教学"直播模式，使新东方在竞争激烈甚至乱象频生的直播领域脱颖而出，成为流量制造机、情怀输出地和文化传播者。

俞敏洪的故事就像一部波澜壮阔的奋斗史，它告诉我们，出身并不能决定命运，无论身处何种困境，只要心中有坚定的信念，愿意为梦想付出不懈的努力，不畏艰难险阻，积极应对挫折，就一定能够书写属于自己的辉煌。

# 自律终将使你馥郁芬芳

南宋理学家、教育家朱熹说："不奋发，则心日颓靡；不检束，则心日恣肆。"这道出了自律的重要性以及缺失自律的后果。自律犹如一把神奇的钥匙，能够开启我们内心深处潜藏的无限潜能，引领我们步入成功的殿堂，在人生的道路上稳步前行。

在这个充满诱惑与纷扰的世界里，自律是一种难能可贵的品质。它如一座坚固的堡垒，助我们抵御外界的喧嚣与诱惑；似一盏明灯，在迷茫的时刻为我们照亮前行的方向。没有自律，生活将陷入混乱与无序，美好的梦想也会变得遥不可及；没有自律，就如同失去航向的船只，在茫茫大海中随波逐流。

先看看文学巨匠鲁迅。他以笔为刃，在中国现代文学史上刻下了深深的印记，成为中国现代文学的奠基人。他创作了一系列如《狂人日记》《孔乙己》《阿Q正传》等脍炙人口的作品。这些作品如一把把锋利的手术刀，精准地剖析着旧中国社会的种种弊病、国民的劣根性以及封建礼教的吃人本质。他的文字犹如声声惊雷，唤醒了无数沉睡在愚昧与麻木中的民众，在中国现代文学史上占据着不可替代的崇高地位。

鲁迅取得的成就与他的自律密不可分。他小时候在三味书屋念书，一读就是将近五年，他的座位在书房东北角，用的是一张硬木书桌，现在这桌子放在纪念馆里。

十三岁时，他家日子不好过。祖父被抓进大牢，父亲又病得厉害。家里穷了，他常常要去当铺把值钱的东西卖掉，再去药店给父亲买药。有次父亲病得很重，他一大早出门忙这些，回来上课已经开始了。老师生气地说他迟到，他没辩解，只是低着头回座位。

第二天。他早早到学校，在桌子右上角刻了个"早"字，心里暗下决心以后不能再迟到。这个"早"字就像一个无声的警钟，每天都在提醒着他要自律，要珍惜时间。后来父亲病情更重，家里的活基本落在他身上。可他每天天不亮就起床，忙完家里事，去当铺、药店后再跑去上课，再苦再累也没迟到过。每次准时到私塾，看到桌上的"早"字，他就告诉自己做到了承诺。父亲去世后，他继续在三味书屋学习，老师的教诲和刻着"早"字的书桌一直激励着他前进。

鲁迅在少年时代的这些自律行为，虽然看似平凡，却蕴含着巨大的力量。他在别人看不见的地方默默努力，就像一颗在黑暗中努力汲取养分的种子。

再看看京剧大师梅兰芳。他在艺术的舞台上绽放夺目的光彩。他的自律也是出了名的。他每天都会坚持练功，无论是唱腔、身段还是表情，都要反复练习，力求达到最佳的表演效果。即使在成名之后，他也没有放松对自己的要求，依然不断地学习和探索新的表演技巧和方法。

在生活方面，梅兰芳的自律更是令人钦佩。为了保持良好的身材，他严格控制饮食。餐桌上那些油腻、辛辣的食物从来与他无缘，他主要以清淡的蔬菜、水果和富含营养的汤品为主。对于嗓子的保护，他更是小心翼翼。刺激性的食物是绝对禁止的，哪怕是一点点可能会影响嗓音的东西，他都不会去触碰。这种高度的自律精神，使得他在京剧舞台上取得了卓越的成就，成为一代宗师。

鲁迅、梅兰芳的故事告诉我们，自律是一种无声的力量。在生活的舞台上，我们或许会面临无数的挑战和困难，或许会在黑暗中独自前行。但只要我们像他们一样，在别人看不见的地方也坚守自律，默默地耕耘，执着地生长，那么终有一日，我们也能散发出属于自己的馥郁芬芳。因为，你的自律，终会让你出类拔萃，那些在暗处的努力，老天都不会辜负。

# 平凡与不凡的共耀之旅

在当代跳水界，有两颗耀眼的星——全红婵与陈芋汐。她们以水为台，以梦为翼，各自书写动人心弦的传奇故事。她们来自不同的家庭，成长的道路不同，代表两种令人钦佩的力量。

一种是像全红婵这样生而平凡却永不服输的人。她生于广东湛江一个普通的农村家庭，兄妹五人，全家靠父母种植果园糊口。家中没有优渥的物质条件，也缺乏能为她的梦想提供捷径的资源。7 岁那年，她被湛江市体校选中，去训练跳水。而她也抓住命运伸来的橄榄枝，决心努力训练，赚钱给妈妈治病。虽没有任何特殊的背景加持，却有着一颗永不服输的心。

全红婵特别能吃苦。在训练中，无论多么辛苦，她都不喊累。别人问起累不累时，她总是笑着说："还行！""还行"成了她的口头禅，也培养了她的好心态。

全红婵凭借着这种坚韧不拔的毅力，在众多选手中脱颖而出。在2020 年东京奥运会女子单人 10 米跳台决赛中，14 岁的她以五跳三满分的惊人表现，总成绩 466.2 分打破世界纪录夺冠。她的动作干净利落，入水水花效果极佳，技惊四座，一跳成名天下知。在 2024 年的巴黎奥运会，她夺得两枚跳水金牌，以 17 岁的年纪，成为中国奥运跳水史上最年轻的"三金王"。

另一种是像陈芋汐这样出身显赫却依然不放弃努力的人。陈芋汐出生于上海一个体育世家，耳濡目染之下，她自幼便与跳水结下不解之缘。那些家族传承下来的体育智慧与拼搏精神，像涓涓细流汇聚在她的心田，成为她在跳水之路上不断前行的坚实底气与力量源泉。她有躺平的资本，但是，她选择了拼搏，才几岁就立下夺取奥运跳水金牌的梦想。

在训练过程中，陈芋汐对自己的要求近乎苛刻。她深知自己虽然有家庭背景的优势，但在跳水这个竞争激烈的领域，只有不断提升自己，才能真正脱颖而出。她的日常训练安排得满满当当，强度极高。

在体能训练方面，陈芋汐为了增强腿部力量，每天都会进行大量的深蹲练习。有时候，一天下来，她的双腿酸痛得几乎无法站立，但她第二天仍然会坚持训练。

在技术动作的训练上，她更是精益求精。在练习某个特定的入水动作时，为了达到最佳的效果，陈芋汐会在训练结束后，独自留下来继续钻研。她会仔细观察自己入水时的慢动作回放，分析每一个细微的动作变化，从手臂的摆动到身体的倾斜角度，不放过任何一个可能影响水花大小的因素。如果发现问题，她会立即进行针对性的练习。她会在泳池边反复模拟入水动作，一次又一次地纠正自己的姿势，直到自己满意为止。

在比赛中，陈芋汐也经历过严峻的考验，也屡次夺冠。2021 年东京奥运会，是她梦想启航的重要一站。她与张家齐并肩作战，女双 10 米跳台上，一举斩获金牌。2022 年世锦赛、世界杯，她一次次凭借精湛的翻腾、优美的转体，勇夺冠军。2023年德国柏林世界杯总决赛，她身姿矫健，从高台跃下，似流星划过，再夺桂冠。2024年巴黎奥运会，她与全红婵携手"断层式"夺冠。她用汗水与坚持，铸就了跳水领域的卓越成就。

全红婵和陈芋汐，虽然出身背景截然不同，但都凭借着自己的拼搏精神在跳水领域取得了非凡的成就。全红婵从平凡走向辉煌，她的故事告诉我们，即便起点低，只要有坚定的信念和不懈的努力，也能创造出令人惊叹的奇迹。陈芋汐在优越的家庭条件下依然拼搏进取，她的经历启发我们，良好的出身只是一个起点，自身的努力才是通往成功的关键因素。

对于那些出身平凡的人来说，全红婵的故事激励人们不要被平凡的出身所束缚，不要被眼前的困难吓倒。只要怀揣梦想，并为之坚持不懈地努力奋斗，就一定能够冲破平凡的枷锁，向着成功的彼岸奋勇前行。而对于那些出身较好的人，陈芋汐的例子时刻启发我们不能过度依赖外在条件，不能在安逸中迷失自我。要学会巧妙地利用自身优势，将其转化为前进的动力，去创造更大的价值，通过自己的努力书写属于自己的精彩篇章。

在这个机遇无限与挑战重重并存的时代，人们都在追逐着属于自己的不凡。卑微的起点也好，显赫的出身也罢，都不应成为我们停止努力、放弃追梦的理由。全红婵和陈芋汐就是最好的例证，她们用自己的经历告诉我们，无论身处何种境地，只要坚定地踏上各自的人生道路，无畏地披荆斩棘、奋勇前行，用拼搏与努力去解读生命的深刻内涵，就一定能够创造出属于自己的辉煌荣耀。因为，真正的不凡永远植根于那颗积极向上、永不言弃、永远朝着梦想坚定前行的心中。

# 以读书为翼飞越"深山"

在十里深山之中，岁月仿佛凝固，外界的喧嚣与繁华被重重山峦阻隔。但在历史的长河中，总有一些人身处类似的困境，却凭借读书走出了自己的"深山"。

宋濂，元末明初之人。他的家境贫寒到连一本书都没有，但他没有放弃读书的念头。为了能读到书，他四处向人借书。每次借到书，他都会小心翼翼地捧回家，然后坐在那张破旧的书桌前，洗干净手，一笔一画地抄录下来，并且严格按照约定的日期归还。冬天，天气寒冷，砚台里的墨汁都结成了冰，他的手指冻得几乎不能弯曲伸直，但他依旧没有丝毫懈怠。

不仅如此，宋濂还不畏路途的艰难险阻，长途跋涉去拜访名师。他背着简单的行囊，行走在崎岖的山路上，鞋子磨破了，脚也磨出了血泡，他毫不在乎。他的心中只有一个信念，那就是获取更多的知识。他在艰苦的环境中坚持读书学习，不断积累知识。经过多年的努力，宋濂成为一代名儒，在文学、史学等领域都取得了很高的造诣。

毛泽东主席，出生于湖南韶山的农家。韶山的青山绿水间，毛泽东的童年与书籍结下了不解之缘。他自幼便踏入韶山的私塾，坐在简陋的书桌前刻苦学习。那粗糙的纸张、古老的文字，是他最初接触的世界。传统文化经典中的一字一句，他都用心研读，仿佛在与古人对话。

青年时期的毛泽东，心中怀揣着对知识更强烈的渴望，毅然前往长沙求学。在长沙的日子里，他像一块海绵，疯狂地吸收着各种知识。他的房间里堆满了书籍，从西方的政治著作到哲学典籍，他一本本仔细阅读。尤其是在湖南省立第一师范学校读书时，他对读书的热情达到了炽热的程度。他整日埋头于书本之中，经常与同学们组成读书小组。在那小小的房间里，他们围坐在一起，激烈地讨论着救国救民的真理。毛泽东专注于书中的内容，时而皱眉沉思，时而奋笔疾书记录下自己的感悟。他深知，唯有从书中汲取智慧，才能找到改变国家命运的道路。通过读书与深入思考，他形成了独特的革命思想体系。他凭借着这些知识，历经漫长的革命斗争，带领中国人民建立了新中国。他的一生，充分体现了读书的力量，读书使他从韶山的小村庄走向了领导一个国家的伟大征程。

亚伯拉罕·林肯出生在美国肯塔基州一个贫苦的家庭。自幼就对知识充满渴望，可家庭的贫苦让他难以拥有自己的书。于是，他开始借阅他人的书，每一本借来的书对他来说都无比珍贵。夜晚，在微弱的烛光下，他如饥似渴地阅读着。

生活依然艰苦，但仍然没有磨灭他读书的热情。他穿着破旧的衣服，每天在劳作之余，总是迫不及待地捧起书本。无论是田间地头的短暂休息，还是漫长寒冷的冬夜，他都在读书。他自学法律知识，一页一页地研读那些晦涩难懂的法律条文。他一边阅读，一边认真地做笔记，对书中的内容反复思考。通过不断地阅读和学习积累，林肯成为一名律师。

投身政治后，他在政治舞台上展现出卓越的智慧和敏锐的政治洞察力，而这些都与他大量读书学习分不开。他在政治辩论中，引经据典，用从书中汲取的知识和智慧说服众人。在竞选总统的道路上，他凭借深厚的知识储备，制定策略，应对各种复杂的政治局面。最终，他当选为美国总统。他领导美国度过了南北战争，废除了奴隶制，对美国的发展产生了深远的影响。

从宋濂、毛泽东、林肯等人的故事中，我们可以总结出一些规律性的东西。

他们读书都有着明确的目的。宋濂是为了提升自己的学识，毛泽东是为了寻找救国救民的真理，林肯是为了改变自己的命运并为国家和社会做出贡献。这告诉我们，读书不能盲目，要有目标。他们都身处艰难的环境，无论是韶山的农家、元末明初的贫寒之家，还是美国肯塔基州的贫苦家庭，都没有阻挡他们读书的脚步。这说明环境并不能成为放弃读书的借口。

都对读书有着强烈的热爱和执着。宋濂在借书抄书过程中的坚韧不拔，毛泽东在不同的求学阶段都保持着如饥似渴的读书状态，林肯在烛光下刻苦阅读的坚持，都体现了这种热爱。这种热爱是他们能够坚持读书的内在动力。

这些故事告诉人们，无论我们身处多么偏远、多么艰苦的环境，只要像他们一样热爱读书、坚持读书并且有明确的读书目的，读书就能够成为我们走出困境、走向广阔世界的途径。读书能够打破周围环境的限制，为我们打开通往不同世界的大门，让我们走向成功的彼岸。对于每一个渴望走出自己那片"深山"的人来说，读书是最可靠、最有力的工具。

# 迟到的花也能怒放

张爱玲说："出名要趁早呀，来得太晚，快乐也不那么痛快。"但这世间，总有一些人如同迟到绽放的花朵，起步虽晚，却也能释放出耀眼的光芒。

苏洵，北宋时期著名的文学家。他年少时不爱读书，整天四处游荡。周围的同龄人有的早已在文学上崭露头角，而他却毫无建树。

有一次，他看到自己的妻子程氏对两个儿子苏轼和苏辙的教育非常用心，孩子们对学习也很上心，而自己却碌碌无为。已二十七岁的苏洵幡然醒悟，深感惭愧，觉得自己不能再这样荒废时光了，决心发愤图强。于是，他开始闭门苦读。他每天坐在书桌前，从清晨到深夜，认真研读这些古籍。他仔细剖析每一篇文章的结构，思考其中的论点论据，不断做笔记总结。他学习古人的写作手法，同时又融入自己的思考。

苏洵克服了起步晚带来的困难，凭借着顽强的毅力，文学造诣不断提高。他的文章逻辑严密，论点鲜明，论据丰富有力，文笔犀利且富有哲理。他在文学上取得了巨大成就，还将自己的学识传授给儿子们。后来，父子三人同列"唐宋八大家"。苏洵在文学领域虽然起步较迟，但他厚积薄发，绽放出绚烂的光彩。

梵高，这位伟大的荷兰画家，于1853年出生。他的一生充满了艰辛与坎坷。梵高年轻时，在不同职业间徘徊，做过传教士等工作，二十多岁才涉足绘画领域。那时的他，生活贫困得只能依赖弟弟的资助。他居住在狭小简陋的房屋里，屋里除了简单的绘画工具和一张破旧的床，几乎没有别的东西。他常常为了一顿饱饭而发愁，饥饿是他生活的常客。

在绘画的早期，他的作品遭受极大的冷遇。当时的荷兰乃至整个欧洲主流艺术界对他独特的画风难以接受。他带着自己的画作四处寻找机会，走进一家又一家画廊，画廊老板们只是匆匆看一眼，便摇头拒绝。他参加艺术展览，他的画前总是冷冷清清，无人驻足欣赏。他不气馁，说："我越来越相信，创造美好的代价是：努力、失望以及毅力。首先是疼痛，然后才是欢乐。"他对画画的热爱如同燃烧的火焰，从未熄灭。他心中还有一种坚定的信念，那就是要画出自己眼中的世界，他说："我梦想着绘画，我画着我的梦想。"

于是，他不管外界的冷漠与忽视，一心沉浸在创作之中。他在那狭小的画室里，对着空白的画布，全神贯注地挥舞着画笔。他用鲜明强烈的色彩、独特的笔触，将内心的情感和对世界的理解尽情宣泄。《向日葵》里，那大片大片充满生命力的金黄，仿佛是他对生活的热爱与渴望；《星夜》中奇幻的星空，是他独特精神世界的展现。尽管他生前仅仅卖出一幅画，生活的困苦也没有丝毫动摇他创作的决心。他日复一日地创作，直至生命的最后一刻。梵高去世后，他的画作开始被人们重新审视、认识并推崇。现在，他在世界美术史上有着极高的地位，他的画作被无数人敬仰，影响着一代又一代的艺术家。

在国内外，还有许多大器晚成的名人。例如，姜子牙，他一生穷困潦倒，直到七十多岁才遇到周文王，得到重用，最终辅佐文王、武王成就霸业。姜子牙的一生，完美诠释了大器晚成的传奇。

肯德基的创始人山德士上校，他一生坎坷，经历了无数次的失败。他在 40 岁时开始创业，开了一家加油站，但生意并不顺利。后来他又尝试过多种经营，都以失败告终。直到 66 岁，他凭借自己独特的炸鸡配方，创立了肯德基，从此走向成功。

这些大器晚成者的故事都印证了一句名言："有志者，事竟成，破釜沉舟，百二秦关终属楚；苦心人，天不负，卧薪尝胆，三千越甲可吞吴。"

苏洵、梵高以及其他大器晚成者有不少共同之处，值得我们研究、学习。

明确的热爱是成功的重要因素。苏洵对文学的热爱、梵高对绘画是他们坚持下去的内在动力。这种热爱不是一时的冲动，而是深入骨髓的情感。当一个人真正热爱一件事时，就不会轻易被外界的困难和挫折所左右。

坚定的信念不可或缺。他们都相信自己所追求的有独特的价值，梵高坚信自己眼中的世界值得用画笔呈现，苏洵相信自己通过努力能够在文学上有所建树。这种信念给予他们力量，让他们在面对冷遇和起步晚的压力时，依然能够勇往直前。

不被外界干扰的专注是关键。梵高不顾外界的冷漠，苏洵忽略年少时与他人的差距，他们都能专注于自己的创作和学习。在追求梦想的道路上，外界的声音往往会干扰我们的判断，如果不能专注于自己的目标，很容易半途而废。

起步晚并不可怕。苏洵二十七岁才开始认真读书，梵高二十多岁才开始绘画，姜子牙七十多岁才得到重用，山德士上校 40 岁才开始创业，但他们最终都取得了非凡的成就。这告诉我们，无论何时开始追求梦想都不算晚，只要有决心、有毅力，就能够弥补之前失去的时间，实现自己的价值。所以，那些看似迟到的"花朵"，只要有着内在的热爱、坚定的信念、专注的态度和不被年龄限制的决心，同样能够怒放，展现出令人惊叹的美丽。

# 第三辑

# 文海泛舟·作家心语共鸣

当我们沉浸于书海，便如同踏上一场神奇之旅。每一本书都是一个独特的世界，那里有细腻的情感、深刻的思考、非凡的智慧。在本辑，分享对多位作家作品的赏析，从字里行间捕捉那些触动心灵的感悟，如同与知音对话，在文字的世界中寻找心灵的慰藉和成长的启示。

# 尘世镜像中的灵魂独语

　　2024 年 10 月，韩国女作家韩江凭借小说《素食者》荣膺诺贝尔文学奖，瑞典文学院颁奖词称其"用强烈的诗意散文直面历史创伤，揭露人类生命的脆弱。"此颁奖词高度概括了韩江的文学风格及作品深度。

　　《素食者》以独特的叙事视角，讲述了女主角英惠从一个普通的家庭主妇逐渐转变为坚定的素食者，甚至渴望成为植物的故事。在这个过程中，小说分别通过丈夫、姐夫、姐姐的不同视角来讲述英惠的故事，塑造这一复杂而深刻的人物形象。

　　从丈夫的视角切入。起初英惠是一个在生活里默默耕耘、为家庭奉献一切的平凡主妇。"桌上的饭菜总是热的，家里的衣物总是整洁的，她就像家中那盏从不熄灭的旧灯，虽不耀眼却不可或缺。"当素食的风暴席卷而来，丈夫眼中的英惠瞬间成了破坏生活平衡的"异类"。他满心都是自己生活的琐碎变化，"她不再为我做肉菜，家里仿佛失去了烟火气，我不明白她为什么要这样"。他的不解与抱怨，如同一把钝刀，一点点锉开婚姻中那层看似平静的表象。在他的叙述里，我们看到了女性在婚姻里被视为附属品的悲哀。英惠内心的渴望、恐惧与挣扎，丈夫一概不知，他只关心自己的舒适圈被打破。这种视角下的英惠，像是被囚于笼中的鸟，而丈夫则是那把韩国女性长期只为家庭的牢固之锁。

从姐夫的视角则像一道黑暗的缝隙，透出人性的丑恶与贪婪。看到素食后的英惠，姐夫的眼中没有同情与理解，只有那被欲望驱使的觊觎。"她的身体仿佛是一块等待我雕琢的璞玉，我能在她身上创造出惊世之作。"身为艺术家的姐夫以所谓的艺术之名，行着满足私欲之事。他将英惠当作自己艺术的工具，肆意摆弄，完全不顾及英惠的尊严与感受。在他的叙述话语间，读者看到了隐藏在黑暗中的狰狞面孔，也更深刻地感受到女性在男权社会中随时可能遭受的无端侵害。英惠在他的视野里，不再是一个有血有肉有灵魂的人，而只是一个可供他利用的对象。

姐姐的视角，充满了无奈与挣扎的苦涩。英惠像一只被困在蛛网中的飞虫，虽有心挣脱，却被千丝万缕的亲情与社会枷锁束缚。"我看着她在黑暗中沉沦，我想伸手拉住她，可我却被层层的网缠绕。"姐姐深知英惠的痛苦，那是来自家庭的压迫、社会的冷眼。她想给予英惠温暖与支持，可家庭的压力如巨石般压得她喘不过气。奶奶在传统观念与对妹妹的爱之间痛苦徘徊，这种矛盾的情感在她每一次欲言又止、每一次默默流泪中体现得淋漓尽致。

英惠从一个普通的家庭主妇逐渐转变为素食者，甚至向往成为植物，这一历程宛如一面镜子，映照出诸多现实的暗影，具有深刻的现实意义。

在英惠的内心世界里，挣扎如汹涌的暗潮不断翻涌。每一次面对肉食，往昔那被父亲强迫吃狗肉的恐怖画面便如恶魔般侵袭而来。她仿佛又看到那只小狗绝望的眼神，听到它凄惨的哀号，嘴里那股血腥与油腻的感觉让她的胃里一阵翻江倒海。"我不能再碰这些，它们是罪恶的象征。"她在心底呐喊，可周围人的不解与逼迫却如千斤重担压在她心头。

在传统观念的重重枷锁下，英惠的转变无疑是对女性既定角色的强烈冲击。在现实社会中，许多地方的女性依旧被束缚在家庭的框架内，被认为是家务的操持者、家人的伺候者，她们的价值被局限于一方小小的天地。英惠最初也身处这样的囹圄，但内心深处的觉醒如同一颗破土而出的种子，让她以拒绝肉食来反抗传统生活的压抑。"我不愿再陷入那充满血腥与杀戮的生活循环，厨房不应是我唯一的战场"，她的心声在寂静中呐喊，促使我们重新审视女性在家庭中的地位，思考女性应如何挣脱传统观念的这一枷锁，去追寻属于自己的自由天空。

性别不平等的阴影长期笼罩着社会，英惠在家庭中所遭受的，如丈夫的漠视、父亲的暴力强迫，都是这阴影下的伤痕。而她的反抗，恰似一道划破黑暗的曙光，为那些同样在性别压迫下挣扎的女性树立了榜样。她坚定地探寻自我身份，勇敢地对抗不合理的性别规范，就像在荆棘丛中艰难前行的勇者。在职场等领域，女性常常面临晋升受阻、薪酬不公等困境，英惠的故事如一声警钟，提醒着女性不应默默忍受，而要勇敢地去冲破困境的藩篱。

童年那被父亲强迫吃狗肉的痛苦经历，成为英惠心中永远无法愈合的伤口。这一创伤在现实中有着广泛的象征意义，如许多人在成长岁月中所遭受的校园霸凌、家庭虐待等伤痛。英惠始终被困在这段痛苦记忆的阴影中，对肉食的抗拒以及对成为植物的渴望，皆是她逃避内心创伤的方式。这深刻地反映出在现实世界里，许多遭受精神创伤的人往往难以通过常规途径获得救赎，只能在自己的内心世界中独自徘徊、挣扎，甚至走向绝望。这警示着社会，必须给予个体精神健康更多的关注，重视那些被深埋在心底的精神创伤。

现代社会物质的洪流汹涌澎湃，然而人们的精神世界却逐渐干涸荒芜。英惠对素食的坚持以及对植物般纯粹生活的向往，是她对物质社会的一种无声疏离。她目睹了人类社会中的暴力、贪婪和冷漠，渴望在自然的纯净怀抱中寻得一丝慰藉。在现实生活中，越来越多的人在物质追求的道路上迷失了自我，感受到了无边的空虚与疲惫，开始反思这种过度物质化的生活模式。英惠的形象提醒人们，在追逐物质的同时，切勿遗忘了滋养精神世界，要努力在两者之间找到平衡的支点，避免陷入精神的荒漠。

英惠的行为与周围人的反应之间的巨大反差，鲜明地凸显个体与社会之间那道难以逾越的鸿沟。社会的传统观念如同一张无形的大网、家庭伦理和大众的认知标准仿若坚固的绳索，这些都试图将英惠紧紧束缚在既定的框架之中。而英惠却如同一株顽强的野草，在石缝中努力生长，坚决抵抗。这种现象在现实生活中屡见不鲜，许多人在追求自我价值实现或者坚守内心信仰的道路上，总会遭遇来自社会各方的压力和质疑。英惠的经历如一股温暖而坚定的力量，激励着个体在面对这一切时，要坚守内心的真实想法；同时，也促使社会深刻反思自身的包容性，思考如何构建一个更加多元、包容的环境，让每一个个体都能自由地绽放而不被过度压抑。

《素食者》深刻地揭示了女性在父权社会中的艰难处境，如同在荆棘丛中艰难前行的行者，每一步都鲜血淋漓。英惠的遭遇是众多女性共同的悲歌，让我们不得不对性别平等发出灵魂的叩问。对人性的刻画也如同一把锐利的手术刀，剖析着在社会压力与欲望诱惑下人性的扭曲与挣扎。丈夫、姐夫等人的行为让我们看到人性中黑暗的深渊，而英惠的抗争则让我们看到人性中那永不熄灭的希望之火。碎片化的叙事如同社会现实的镜子，映射出人与人之间的隔阂、社会的冷漠以及价值体系的破碎。我们在这面镜子里，看到了自己的影子，也看到了整个社会的病症。《素食者》是一个讲述女性的故事，也是一首对社会现实的深情叹歌，让读者在阅读之后，陷入久久的沉思，不断思索着人性的走向与社会的未来。

# 生活漫长总需要一些光亮

在繁忙的现代生活中，我们往往忘记了生活的本质，忘记了如何在平凡中寻找美好。而当我翻开新疆作家李娟的散文集《我的阿勒泰》，我仿佛找到了一束照亮心灵的光亮。

此书记录了作者在新疆北部阿勒泰地区与哈萨克族牧民共同生活的故事。李娟用细腻的笔触捕捉到了生活在阿勒泰地区的哈萨克族人民的生活细节。她的文字有一种神奇的力量，不仅描绘出了一个真实的、活生生的游牧世界，更折射出了人们在艰苦环境中对生活的热爱和对美好未来的向往。

通过李娟的笔触，我仿佛看到那片辽阔无垠的草原，听到风拂过草丛的声音，感受到牧民们质朴而真实的生活。在这些故事中，没有惊心动魄的冒险，也没有曲折离奇的情节，有的只是日常生活中的一点一滴，却让人感到格外亲切和温暖。

阅读《我的阿勒泰》时，我也好像闻到那遥远边疆的泥土气息，感受到那片广袤土地上的风声与温度。我跟随作者的脚步，走进了一个远离尘嚣的世界，那里的生活简单而艰难，却充满了人间烟火的温暖。

《我的阿勒泰》是一本充满生活气息和人性光辉的书。这不仅是一本书，更是一次心灵的旅行。它让我知道了，在遥远的边疆，有一群人以他们独特的方式与这个世界相处，他们的生活虽然艰辛，却充满了坚韧和希望。一个人无论身在何处，都不应忘记对生活的热爱和对自由的追求。

在这本书中，我被许多金句所打动，比如："生活是一场漫长的等待，等待着天晴，等待着风来，等待着花开。"这句话简洁地概括了游牧生活中对自然环境的依赖，同时也隐含了人生的哲理——我们需要耐心等待，生活中的美好总会在不经意间绽放。再如，"每个人的心里都有一片属于自己的草原，那里风光明媚，牛羊成群，那里有我们的亲人，也有我们自己。"这句话提醒了我，每个人的内心深处都有一个属于自己的世界，那里装满了记忆和情感，是我们永远的归宿。

"生活是如此漫长，我们总需要一些光亮，一些色彩，一些声音，一些温暖。"这句话深深打动我，成为我阅读过程中的指引。在阿勒泰的草原上，生活并不总是轻松的，但正是在这样的环境中，人们更加珍视那些微小的幸福。无论是围坐在篝火旁听老人们讲故事，还是在寒冷的冬天里喝一碗热腾腾的奶茶，都是对生活的热爱和庆祝。

李娟的文字清新而质朴，她以一种近乎白描的手法，将牧民的生活状态展现得淋漓尽致。在她的笔下，每个人物都栩栩如生，每个故事都有滋有味。这些故事让我明白，即使是在艰苦的环境中，人们也可以通过简单的快乐来点亮生活。

阅读《我的阿勒泰》，让我明白了，无论身处何地，无论面对怎样的困境，我们都应该保持对生活的热爱，去发现生活中的美好，去创造我们自己的光亮。学会更加珍视生活中的每一刻，学会从平淡中寻找乐趣。正如李娟所言，生活是漫长的，但我们总能在其中找到一些光亮。这些光亮可能是亲人朋友的笑容，也可能是一杯热茶，或者是一段美好的回忆。无论何时何地，只要我们愿意用心去感受，就能找到让生活发光发热的理由。只有这样，我们才能在漫长的人生旅途中，始终保持前行的动力和微笑。

竺可桢，
科学与精
神的璀璨
人生

在中华民族灿若星辰的历史长河中，有一位科学巨匠，仰望星空问天探秘；亦是爱国志士，脚踏实地为国为民；更是教育先锋，坚守初心培育英才。他就是竺可桢。

作家陈华清应邀所著的纪实文学《竺可桢——中国气象学之父》，今年由党建读物出版社、接力出版社联合出版。此书是"中华先锋人物故事汇"其中一部，入选2023年中宣部主题出版重点出版物目录。此书甫一出版，就引起关注。

《竺可桢——中国气象学之父》是一部优秀的传记文学作品，也是一部展现中华民族精神风貌和学术风范的佳作。与其他科学家传记相比，这本书在素材选取上更加注重细节，生动地展现了竺可桢的人性光辉。作家以严谨的态度、巧妙的构思、精彩的文笔，书写了竺可桢卓越的学术成就、深邃的科学精神、高尚的爱国情怀，树立了一个追求真理、献身科学、服务国家的光辉榜样，为读者奉献了一份宝贵的精神食粮，让读者在阅读中仿佛与竺可桢进行了一场跨越时空的对话。这部作品对于读者，尤其是少年儿童深入了解这位伟大的科学家和教育家，学习他的先锋精神和爱国情怀，并将其作为人生榜样，参与精神建构，有着重大的意义。

写人物传记，没有经验的作者往往会胡子眉毛一把抓，杂乱无章。

而有经验的作家，则会精心挑选素材，巧妙布局，紧紧抓住读者的心。陈华清是属于后者。她是一名出版过 20 部文学专著的成熟作家，善于驾驭各种题材，有着丰富的创作经验，并且用心用情去写这部书。

竺可桢 84 年的人生，可写的东西很多，陈华清不是平均用力，而是以他献身我国气象事业、追寻他成为"中国气象学之父"为重点，以"问天"作为整本书的"故事核"展开，把为何"问天"，如何"问天"，"问天"的结果如何等作为主线。

此书结构严谨、脉络清晰，以时间为序，从竺可桢的懵懂孩童时期开始叙述，直到他的人生结束，精心撷取平凡却闪耀着光芒的人生历程，生动地描绘了竺可桢的成长环境、人际关系以及他面对困难与挫折时的坚韧与不屈，展示了竺可桢科学与精神的璀璨人生。

写竺可桢小时候的故事，本书抓住竺可桢爱"问天"的特点。幼时的竺可桢，爱"问天"，对自然满怀好奇。无论是风雨雷电还是云卷云舒，都能引发他的思考。他追问风雨的来由，探寻云层的奥秘。看见天下雨，他问妈妈："天为什么会下雨？天有多少雨？为什么总是下不停？"妈妈说她也不知道，鼓励他，"要想知道天的秘密，就好好读书，有学问了，就会明白。"妈妈的话像一粒种子，播种在他小小的心田。这份好奇，为他日后在气象学领域的卓越成就奠定了坚实基础。当我们翻开这本书，仿佛置身于他的成长环境之中，感受着那真挚的情感、执着的坚韧。

写竺可桢的求学生涯，作家则抓住他刻苦学习，立志科学救国，突出他高贵的爱国情怀。

竺可桢生于清朝末年，正处于国家饱受列强欺凌的年代。他目睹了西方列强的侵略和鲸吞，见证了国家的动荡不安、山河破碎，经历了家庭从富裕到破落，深切体会到"落后就要挨打"的道理。因此，他立志刻苦学习，用科学来拯救祖国。1910年，竺可桢通过了严格的留学考试，脱颖而出。他远渡重洋到美国留学，勤奋学习，不断进取，取得了卓越的学术成就，最终获得了哈佛大学气象学硕士和博士学位，成为中国第一位气象学博士。他拒绝美国的优厚待遇，毅然回到多灾多难的中国，投身于祖国的科学事业之中，践行自己当初的诺言。这份爱国之情令人肃然起敬。

对回国后的竺可桢，作家浓墨重彩写他在气象学等学术领域的故事。他开疆拓土，创建了中国大学第一个地学系和气象学专业。他编写了《地理学通论》和《气象学》等讲义，奠定了中国近代地理学和气象学的基础。他在南京北极阁建立了气象研究所，组织高空探测，建立了遍布全国的气象测候所。他坚持不懈地斗争，从外国人手中夺回了中国气象主权等。他的每一项成就都与中国的气象学和地理学发展息息相关。读者从作家写竺可桢的科学贡献，透过字里行间感受到他对国家、对民族的深沉情怀。

除了科学领域，此书还写竺可桢在教育领域、历史文化等方面的成就。

竺可桢担任浙江大学校长十三年，以"求是"为校训，培养了一大批优秀人才。在抗日战争期间，他率领师生西迁，流亡办学近十年，为保存和传承中华文化作出了巨大贡献。在艰苦的环境下，他依然坚持学术研究和教育工作，将浙江大学打造成为闻名遐迩的"东方剑桥"。这种对教育的坚守和执着让人敬佩。他的教育理念和办学精神，对后世也产生了深远的影响。

此书还略写了竺可桢在科普美文方面的成就。他是一位优秀的科普作家，善于将西方自然科学与东方传统文化相融合。他的作品既具有科学性，又具有文学性和艺术性，语言优美，富有诗意。其科普文章《大自然的语言》，将深奥的气象学知识用通俗易懂的语言表达出来，让更多的人了解了气象学的奥秘，几十年来一直入选人教版语文教材。这类作品不仅展示了竺可桢扎实的学术功底和广博的知识面，更体现了他深厚的文化底蕴和人文关怀。

这本书让我们深入全面地了解到竺可桢的伟大成就与崇高精神，那执着不懈的探索精神、严谨认真的科学态度、无私奉献的高尚情怀，无不令人心生敬仰。他的"问天"奥秘，激励着我们勇敢无畏地去追求未知的世界；"求是"精神，教导我们脚踏实地、实事求是地做事；"科学强国"的坚定信念，鼓舞着我们为实现民族复兴而努力奋斗、勇往直前。

阅读此书，我相信读者都会深受触动，被其深深吸引、感染、鼓舞，从而坚定地立志为民族复兴而不懈追求真理、努力学习、奋勇向前。

在人生的长河中，总有一些书籍如同灯塔，照亮我前行的道路，引领我思考生活的真谛。对我而言，路遥的作品便是这样的存在。它们像秋日的暖阳，穿透岁月的尘埃，照耀在我的心灵深处，让我在平凡的世界里找到了不平凡的力量。

路遥，一位用生命书写传奇的文学大师，以朴实而深沉的文字，勾勒出中国大地上平凡人物的奋斗与挣扎。这些平凡的人物在苦难中坚守，在困境中前行，像小草一样展现出顽强不屈的生命力。

走进《平凡的世界》，心灵的震撼

那是一个初秋的午后，阳光透过窗户，洒在书桌上。我轻轻翻开《平凡的世界》的第一页，踏进路遥笔下的黄土地。书中那个以 70 年代中期到 80 年代初为背景的农村世界，对我来说既陌生又熟悉。陌生的是那个时代特有的政治氛围、社会结构和人们的生存状态，熟悉的是那份对土地的深情、对家庭的依恋以及对美好生活的向往……路遥的文学世界拨动着我的心弦。

《平凡的世界》中主人公孙少平和孙少安两兄弟，出身贫寒，却怀揣着改变命运的梦想，在生活的洪流中奋力挣扎。

孙少平，渴望用知识改变自己的命运。他在艰苦的环境中坚持学习，不断充实自己。他的勇敢、他的执着、他的坚强，都让我为之动容。尤其是他在煤矿工作的那段经历，让我深刻地体会到了生活的艰辛和人生的不易。但孙少平并没有被困难打倒，他依然坚守着自己的信念，用自己的双手创造着美好的未来。

孙少安，一个朴实而勤劳的农民，他肩负着家庭的重任，为了让家人过上好日子，不辞辛劳地干活。他的善良、他的担当、他的智慧，都让我敬佩不已。他在面对生活的重重困难时，从不退缩，而是勇敢地迎难而上。他用自己的实际行动诠释了什么是责任，什么是担当。

在这个平凡的世界里，还有许多让人感动的人物。田晓霞的勇敢和善良，贺秀莲的勤劳和朴实，都让我感受到人性的美好。小说中的他们虽然生活在平凡的世界里，却都用自己的行动书写了不平凡的人生。

孙少平的坚韧与执着，让我看到了知识改变命运的希望；孙少安的责任感与担当，则让我感受到了亲情与责任的重量。两兄弟的故事，让我深刻理解了"平凡"与"不凡"之间的辩证关系：每一个平凡的生命，都有可能在不屈不挠的努力中绽放出耀眼的光芒。

在阅读《平凡的世界》的过程中，我仿佛也经历了一次心灵的洗礼。我开始更加珍惜眼前的生活，学会了在困境中保持乐观，在挫折中寻找希望。路遥用他那质朴而深情的文字，让我感受到了人性的温暖与力量，也让我对生命有了更深的理解和感悟。

漫步《人生》，思考选择的意义

如果说《平凡的世界》让我看到了生活的广度，那么《人生》则让我深入理解了人生的深度。《人生》这部小说以农村青年高加林的命运为主线，讲述了他在追求梦想与爱情的过程中所经历的种种选择与挫折。高加林这个人物形象，就是我每一个人在面对人生选择时的迷茫与挣扎的写照。

高加林渴望摆脱农村的束缚，追求更好的生活和爱情，这种追求本身并无过错。然而，在追求的过程中，他却不断面临着道德与现实的冲突、理想与现实的差距。每一次选择，都像是一次赌博，或者赢得梦寐以求的一切，或者输得一败涂地。这种豪赌，让我在阅读过程中始终保持着高度的紧张感，仿佛自己也在与高加林一起，进行一局人生的赌博。

《人生》让我深刻思考了选择的意义。在人生的十字路口，我该如何做出正确的选择？是随波逐流、安于现状，还是勇敢追梦、不畏艰难？路遥通过高加林的故事告诉我：无论选择何种道路，都要对自己的选择负责，都要有勇气面对选择带来的后果。同时，他也提醒我，在追求梦想的过程中，不要忘了初心，不要迷失自我。

品味中篇，感受生活的酸甜苦辣

除了长篇小说外，路遥的中篇作品也同样精彩纷呈。《黄叶在秋风中飘落》《惊心动魄的一幕》《在困难的日子里》等作品，以不同的角度和笔触描绘了那个特殊年代，人们的生活状态和精神世界。这些作品虽然篇幅不长，但同样具有深刻的思想内涵和艺术感染力。

捧起路遥的中篇小说《黄叶在秋风中飘落》，我仿佛踏入了一个充满生活沧桑与人性挣扎的世界。小说中的人物，带着梦想、无奈与挣扎，从字里行间走出。那片飘落的黄叶，恰似命运的隐喻，在秋风中无助地舞动。

高广厚，这个朴实憨厚的男人，如黄土高原般坚实。他在生活的重压下，默默承受着一切。面对妻子的离去，他没有抱怨，而是独自扛起家庭的责任，继续坚守在教师的岗位上。他的善良与坚韧，让人敬佩，也让人心疼。他就像那在秋风中屹立不倒的大树，虽历经风雨，却依然为他人遮风挡雨。刘丽英，一个充满矛盾的女人。她渴望更好的生活，却在追求中迷失了自己。她的虚荣让她做出了错误的选择，抛弃了家庭。然而，当她在新的生活中遭遇挫折时，才开始反思自己的行为。她的经历让我看到了人性的弱点，也让我明白，幸福并非来自物质的满足，而是内心的安宁与满足。卢若琴，倔强而善良。她的出现，为高广厚的生活带来了一丝温暖。她不顾世俗的眼光，勇敢地帮助高广厚和他的儿子。她的善良如同秋风中的一缕阳光，照亮了他人的世界。她让我相信，在这个冷漠的世界里，依然有温暖和希望存在。

这部小说，既有对现实的深刻洞察，又有对人性的温暖关怀。它让我看到了生活的残酷，也让我体会到了人性的美好。在这个喧嚣的世界里，它如同一股清泉，流淌在我的心田，让我在忙碌的生活中停下脚步，思考人生的意义。黄叶飘落，生命不息。读完这本书，心中涌起无尽的感慨。它让我明白，无论生活多么艰难，都要勇敢地面对，如同那片在秋风中飘落的黄叶，即使生命走向尽头，也要以最美的姿态告别。

《惊心动魄的一幕》通过一场突如其来的政治风波，揭示了人性的复杂与多面。在那种紧张而压抑的氛围中，人们或恐惧、或迷茫、或坚定、或反抗，各种情绪交织在一起，构成了一幅生动的社会画象。这部作品让我感受到了，特殊年代历史的厚重与无情。

《在困难的日子里》则以主人公在困难时期的求学经历为主线，刻写了那个时代人们生活的艰辛与不易。主人公在困境中坚持学习的精神，让我深受感动。我明白了：无论生活多么艰难，都不能放弃对知识的追求和对未来的希望。

跟着《早晨从中午开始》，追寻路遥的文学足迹翻开路遥的杂文集《早晨从中午开始》，我仿佛打开了一扇通往他内心世界的窗户，看到了一个为文学燃烧生命的灵魂。他用朴实的语言，描绘出了那个时代的苦难与希望，充满了对土地的深情、对劳动者的赞美，让我看到了平凡人身上的伟大力量。其中，有对创作《平凡的世界》艰辛历程的记录。在简陋的环境中，他书写着普通人的奋斗与梦想。他把自己关在小屋里，不分昼夜地创作，如同一位孤独的勇士，在文学的战场上冲锋陷阵。

追寻路遥的文学足迹，我感受到了坚韧不拔的力量。面对重重困难和压力，他从未退缩，而是以钢铁般的意志去迎接挑战。他的坚持告诉我，在追求梦想的道路上，要有不屈不挠的精神，哪怕前路崎岖坎坷，也要勇敢地走下去。同时，我也领悟到了文学的神圣使命。路遥用他的作品为平凡的人们发声，展现他们的奋斗与挣扎、希望与梦想。他让我明白，文学不仅仅是一种艺术表达，更是一种对人类命运的关怀和对生活的礼赞。

在路遥的文字世界里，我有一种久违的感动和力量。它让我相信，无论生活多么艰难，我都不是孤独的。因为在这个世界里，还有许多和我一样的人，在为了自己的梦想和目标而奋斗。同时也让我明白，人生的意义不在于我得到了什么，而在于我付出了什么。只有当我为了自己的梦想和目标付出了努力和汗水，我的人生才会变得更加充实和有意义。

# 守护留守儿童的心灵家园

在雷州半岛的海边，有一座座由珊瑚石砌成的房屋，古老的珊瑚屋里住着一群留守儿童和留守老人。这是陈华清长篇小说《海边的珊瑚屋》写的故事。在当今社会，留守儿童问题日益凸显，成为一个备受关注的社会难题。《海边的珊瑚屋》犹如一扇窗口，让读者窥见了留守儿童的生活世界，引发了对这一群体的深刻思考。

## 一

小说中，那一座座由珊瑚石砌成的房屋，古老而神秘。住在珊瑚屋里的留守儿童和留守老人，他们的故事令人动容。《海边的珊瑚屋》中的珊瑚屋，是一个具有丰富象征意义的存在。它不仅是孩子们生活的地方，更是他们心灵的港湾。那一座座珊瑚屋，如海边的明珠，散发着神秘而迷人的光，承载着孩子们的生活点滴与喜怒哀乐，也象征着当地的传统文化和历史变迁。

书中珊瑚屋的建筑材料——珊瑚石，千姿百态，像菊花，如莲藕，似波纹。这些珊瑚石是渔村人民智慧的结晶，也是海洋赋予这片土地的独特礼物。它象征着留守儿童们坚韧不拔的生命力，如同珊瑚石一般，在岁月的磨砺中依然绽放着美丽的光芒。

　　跟爷爷住在珊瑚屋里的女孩李妹头，乖巧懂事却性格孤僻。她三岁后就没见过父母，早早地承担起生活的重担。很小的时候，李妹头就跟着爷爷去赶海，捡一些海货，帮补家庭。在赶海的日子里，李妹头那小小的身影穿梭在沙滩与海浪之间。她用稚嫩的双手捡起一个个贝壳，仿佛在寻找着生活中的那一抹希望。她的眼神中时而流露出孤独，时而又闪烁着坚毅的光芒。孤独，是因为她渴望父母的关爱与陪伴；坚毅，是因为生活的磨难让小小的她不得不学会坚强。

　　对海边的一切，她了如指掌，"就是闭着眼睛都能说得出哪里有泥丁，哪里有沙虫"。她的生活是贫穷的，去赶海时，"趿一双拖鞋，穿赶海常穿的长衫长裤。衣服颜色很旧了，还有补丁"。这不仅是对她衣着的描写，更是她生活状态的缩影。她的父母为了生计，远赴海南等地打工，留下她与爷爷相依为命。小小年纪的她，尝尽了生活的酸甜苦辣。

　　另一个留守儿童李虾仔，与李妹头同村又是同学。李虾仔在外面打工的父母离婚了，他不随父母，跟着叔叔住在村里。他又与叔叔不亲。在这种缺爱的环境下，他的心灵扭曲，变得放荡不羁，跟着坏人到虾场偷虾。被扭送到派出所后，他对警察的问话不理睬，要叔叔和班主任在场才回答问题。当他的叔叔和东方老师赶到派出所，李虾仔"跷起二郎腿，手指弹着桌面前的桌子，傲慢地说，'我口渴了，先给我倒杯水'。慢慢地喝完警察倒的水后，他甩了甩头上的'乱草'。又用手装模作样地梳了梳头说，'警察叔叔，你可以发问了'"。从这段描写，可以看出他的无理傲慢。还有，对被关注和爱的渴望。他用叛逆的行为来掩饰内心的脆弱，试图引起他人的注意。

　　李虾仔的转变是小说中的一个重要情节。在经历了一系列的事情后，他逐渐明白了生活的意义。父亲的回乡创业，让他重新感受到了家庭的温暖。他开始努力改变自己，从一个叛逆少年成长为一个懂事的孩子。

这两个孩子，如同大海里的两朵浪花，虽然渺小，却映照出社会的实景。

留守儿童的故事，是作家陈华清对现代社会的深刻反思，也是对留守儿童群体的深切关怀。她说自己写这部小说的目的，是希望通过这部作品，让更多人了解雷州半岛农村教育的现状，唤起社会对留守儿童问题的关注。她渴望有相关的法律法规来保障每一个孩子健康成长。在小说中，她既有对留守儿童现状的讲述，摆出问题，也有对解决这方面的思考和指出的方向。比如，李虾仔的父亲为了挽救失足的儿子，放弃在外地的事业，回乡创业兼顾陪伴孩子成长。

## 二

李妹头和李虾仔的形象具有深刻的社会意义。他们是千千万万留守儿童中的代表，反映社会现实中一个不容忽视的群体，值得人们去深挖，去研究，去寻找解决问题的方法。

留守儿童普遍缺乏父母的关爱和陪伴。李妹头和李虾仔的父母都远在他乡，他们只能通过电话或者偶尔的信件来感受父母的存在。这种长期的分离，让孩子们的心灵深处充满了孤独。他们渴望父母的拥抱，渴望在父母的陪伴下成长。可现实却让他们不得不独自品尝本不属于这一年纪的苦痛。例如，当初潮来的时候，李妹头看到便池里的红不懂得是怎么回事，感到非常害怕，"不敢跟别人讲，也不知道应该跟谁讲。她想起妈妈，如果这时候妈妈在身边那有多好啊……"初潮本应该有人指点，可是李妹头却只能独自面对，承受巨大的疼痛。

近年来，国家高度重视留守儿童问题，出台了一系列政策举措。比如，加强农村寄宿制学校建设，为留守儿童提供更好的学习和生活环境；建立留守儿童关爱服务体系，通过社区、学校等多种渠道，为留守儿童提供心理疏导、生活照顾等服务；鼓励农民工返乡创业就业，从源头上减少留守儿童的数量。这些政策的出台，为留守儿童带来了希望的曙光。

在教育方面，留守儿童也面临困境。由于缺乏父母的监督和指导，他们在学习上往往缺乏动力和自觉性。李妹头虽然乖巧懂事，但她的学习成绩也由于家庭的原因而受到了影响。李虾仔更是由于家庭变故，一度成为不良少年，对学习失去了兴趣。此外，农村地区的教育资源相对匮乏，这也是留守儿童教育方面的缺陷。

现在，国家不断加大对农村教育的投入，改善农村学校的办学条件，提高农村教师的待遇，吸引更多优秀教师到农村任教。同时，通过远程教育等手段，让农村孩子也能享受到优质的教育资源。这些措施为留守儿童的教育提供了有力的保障。

留守儿童的心理健康问题同样需要关注。长期的孤独和缺乏关爱，容易让孩子们产生自卑、孤僻、叛逆等心理问题。李妹头的性格孤僻，李虾仔的狂野不羁，都是这种心理问题的表现。他们需要更多的心理疏导和关爱，才能健康地成长。

基于此，社会各界积极响应国家政策，纷纷行动起来。志愿者们走进乡村，为孩子们辅导功课、送去温暖；爱心企业捐赠物资，改善孩子们的学习生活条件；心理专家开展心理健康讲座，为留守儿童提供心理疏导。这些行动汇聚成一股强大的力量，为留守儿童的成长撑起了一片蓝天。

正因如此，文质兼美的《海边的珊瑚屋》获得评论家和读者的好评，称它是"海洋儿童小说的南方标杆"；获得叶圣陶教师文学奖、首届广东好童书奖等。

我们不能忘记那些留守在乡村的孩子。他们也是祖国的未来，全社会应该给予他们更多的关爱和支持，让他们在温暖的阳光下茁壮成长。让我们携手共进，为留守儿童创造一个更加美好的未来。让他们的心灵不再孤独，让他们的梦想不再遥远。就像那海边的珊瑚屋一样，虽然历经风雨，却依然坚定地屹立在那里，为孩子们遮风挡雨，成为他们永远的家。

# 海洋与心灵的交响

以写海洋文学为主的作家陈华清，其近作《鹭舞红树林》是一部生态文学作品，也是一首悠扬的海洋之歌，在读者的心中奏响了一曲海洋与心灵的交响乐章。这部作品不仅展现了海洋生态的瑰丽与脆弱，更深入探索了人类心灵与自然之间的紧密联系。

陈华清创作《鹭舞红树林》源于她对自然环境的关注和对家乡的深厚情感。她成长于海边，对海洋、对家乡有着独特的感受和深刻的认识。在目睹了现代社会发展对自然环境造成的诸多破坏后，她决心用文字唤起人们对生态保护的重视，于是便有了这部充满力量与温情的作品。

小说以少年陈涛涛归乡的视角，将读者引入了那个充满神秘与生机的白鹭岛。陈涛涛就像一位纯真的使者，带着我们一同踏上这片被海洋环抱的土地，去感受它的呼吸，触摸它的灵魂。在陈华清的笔下，白鹭岛的一切都仿佛拥有了生命，它们与海洋相互呼应，共同构成了一个独特而又迷人的生态世界。

红树林位于海陆交界之处，作者以生动的描写展现了红树林的独特魅力，那纵横交错的根系仿佛大地的血脉，紧紧抓住土地，抵御着海浪的侵袭；茂密的枝叶为无数生物提供了栖息之所，是生命的摇篮。这一珍贵的生态系统并非孤立存在，它与海洋的命运息息相关。海洋的潮起潮落，为红树林带来了滋养，也带来了挑战。

在《鹭舞红树林》这部小说中，陈家祖孙三代对红树林的守护犹如一首动人的史诗。爷爷陈嵘木，是一位饱经岁月风霜的长者。他就像一棵古老而坚毅的红树林，深深扎根于这片土地。他用一生的默默坚守，诠释着对自然的敬畏和对家园的深情。如蕾切尔·卡森的《寂静的春天》中，人们对环境的破坏深感忧虑，而陈嵘木就如同那些为了保护自然而努力的人一样。他的身影，常常出现在红树林边，那被海风吹皱的脸庞上，写满了沧桑与执着。他凝视着红树林，仿佛在与这片神奇的土地对话，用自己的行动向人们传递着守护自然的信念。他的故事，如同一个古老的传说，激励着后人。

爸爸陈民安，在面对经济发展与环境保护的艰难抉择时，他毫不犹豫地选择了后者。他像是一位勇敢的卫士，守护着红树林。当利益的诱惑摆在面前，他坚定地拒绝，只为了那片绿色的生命之林。他用自己的智慧和勇气，为红树林撑起了一把坚实的保护伞。他们的守护，不仅仅是一种责任，更是一种对生命的热爱和对未来的期许。他们用自己的行动，书写着人与自然和谐共生的壮丽篇章。

在现实中，我们也能看到许多类似的例子。比如我国海南东寨港红树林保护区，曾经由于围海造田、过度捕捞等人类活动，红树林面积锐减。但在当地政府和居民的共同努力下，通过退塘还林、打击非法捕捞等措施，红树林逐渐恢复生机，生态环境得到显著改善。这里如今成为了众多候鸟的栖息地，也是海洋生物的乐园，充分证明了只要我们用心去保护，大自然会给予我们丰厚的回报。

《鹭舞红树林》中还融入了南海之滨丰富的地方民俗和海洋文化，这使得作品更加富有韵味和深度。比如渔民们在出海前举行的祭祀仪式，他们祈求风调雨顺、渔获丰收，这种对海洋的敬畏之情，体现了人类与自然之间的古老契约。而那些代代相传的海洋传说和故事，则如同一串串珍珠，串联起了过去与现在，让我们感受到海洋文化的源远流长。

　　同时，小说也深刻探讨了经济发展与环境保护之间的矛盾。随着城市化进程的加快，白鹭岛也面临开发的压力。一些开发商为了短期的经济利益，试图砍伐红树林，填海造地。这不仅引发了生态危机，也让岛上居民的心灵陷入了挣扎。陈民安等有识之士站了出来，他们用实际行动证明，可持续的发展才是真正的出路。

　　渤海湾曾经由于周边工业的快速发展，大量污水排入海中，导致海洋生态严重破坏，渔业资源急剧减少。这不仅给当地的渔民带来了巨大的经济损失，也威胁到了人们的健康。这一惨痛的教训让我们明白，忽视环境保护的经济发展最终只会带来灾难。

　　在阅读的过程中，我们能深切地感受到陈华清对自然、家乡以及生态保护的深厚情感。她以细腻的心理描写，展现了人物在面对抉择时的内心冲突和成长。陈涛涛从一个对家乡生态冷漠无知的少年，逐渐转变为积极参与保护行动的一员，他的心灵之旅让我们看到了希望的曙光。这种心灵的觉醒，不仅仅发生在小说中的人物身上，也在每一个读者的心中悄然生根发芽。

　　《鹭舞红树林》不仅具有文学价值，更具有重要的教育意义。它提醒我们，海洋生态的保护是一场没有终点的征程，需要我们每一个人的参与和努力。我们不能只看到眼前的利益，而忽视了子孙后代的未来。

正如书中所写："当我们保护红树林，保护海洋生态时，我们其实是在保护自己的心灵家园。"

这部作品让我们重新审视自己与海洋的关系，让我们明白，每一次对海洋的伤害，都是对人类心灵的刺痛；每一次对海洋的呵护，都是对自己灵魂的慰藉。在这个快节奏的时代，《鹭舞红树林》宛如一股清泉，滋润着我们干涸的心灵，唤醒我们内心深处对自然的热爱和对责任的担当。

需指出的是，《鹭舞红树林》出版后，获得读者好评，入选中国生态小说排行榜，荣获第十一届"上海好童书"称号。

《鹭舞红树林》给人们启示，要以实际行动守护那片蔚蓝的海洋，让鹭舞永远在红树林间轻盈跳跃，让海洋与心灵的交响永远在世间奏响。因为，只有当我们与自然和谐共处，才能真正拥有美好的明天。

海边的守护与成长

陈华清的《七彩珊瑚》讲述少年、老人与珊瑚海的故事，充满海洋气息与生命活力。在她的笔下，丰富的海洋元素如波涛汹涌的大海、神秘美丽的珊瑚海、穿梭其间的渔船以及独具特色的贝壳屋等，充满了浓郁的海味，也是展开故事情节的重要元素。其中，"看七彩珊瑚"是少年山山的梦想，也是小说的"故事核"，围绕着它展开。

初到珍珠村，山山对独特的贝壳屋、浩瀚无边的大海，都感到无比新奇，七彩珊瑚成了他神秘的向往。可是，外婆叮嘱他不要下海、外公拒绝带他出海。这些像一道道栅栏，暂时阻挡了山山探索海洋的脚步。他对外公不解、不满。

孩子对未知世界的好奇天性，终究难以被束缚。山山偷偷下海，险些遭遇危险，这一事件成为他成长历程中的一个重要转折点，也由此拉开了故事中关于海洋守护与成长的序幕。

在探寻珊瑚海的过程中，山山的形象逐渐丰满鲜活起来。为了看到传说中的七彩珊瑚，他不惜偷拿外婆的人参去"贿赂"同学张小龙，这一幼稚的举动，是孩子纯真天性的自然流露。"我把眼睛睁得像铃铛那么大，只见到海水，哪里有什么珊瑚？"山山的急切与期待，让每一位读者都感同身受。

在与外公的相处过程中，山山的性格和认知发生了显著的变化。外公宛如一位坚定的海洋卫士，守护着珊瑚海的安宁。当山山和张小龙试图擅自闯入珊瑚海时，外公虽怒不可遏，却仍耐心地为他们讲解保护珊瑚的意义。他偷偷下海险些遇险时，外公焦急赶来，严厉批评背后的关切与担忧，让山山第一次感受到外公的深沉爱意；在偷闯珊瑚海被外公发现，那扬起却未落下的巴掌，以及外公愤怒中夹杂着无奈和心疼的神情，都深深触动了山山。

山山的成长像那点滴积累的溪流，最终汇聚成一片广阔的海洋。"保护好珊瑚海，所有的珊瑚都是能给人带来好运的七彩珊瑚！"外公的这句话如同一盏明灯，照亮了山山的内心。他明白海洋生态保护的重要性。当山山了解到外公守护珊瑚海的初衷和意义后，他开始理解外公的坚持，并逐渐从埋怨转变为理解、尊重，最终升华为崇拜与追随。"我现在理解外公了。我当他的小助手，跟他到珊瑚海一带巡逻，保护美丽又娇气的'珊瑚公主'。"至此，山山不再单纯地追求看到传说中的七彩珊瑚，而是认同了外公保护珊瑚海的理念，并积极参与其中。

山山在清晨帮外公准备出海的工具，傍晚陪外公坐在海边，听他讲述一天的见闻。在外公耐心的讲解中，山山积累海洋知识，深化对海洋的认知与尊重。这种成长，不仅仅是个人心智的成熟，更是责任与担当的传承，是新一代对环境保护意识的觉醒和担当。罗曼·罗兰说："标志时代的最灵敏的晴雨表是青年人。"山山的成长历程，代表着年轻一代在海洋保护意识上的觉醒与进步。在这个过程中，山山学会了尊重自然、敬畏生命，也明白了守护的价值。

在外公的形象塑造上，作者着墨颇多且十分成功。起初，在山山眼中，外公是个"怪老头"。他阻止孩子们接近珊瑚海，引得张小龙愤恨，大舅埋怨。但随着故事的推进，人们逐渐理解了外公的坚持与守护。"珊瑚那么娇气，你们把船开进去胡撞乱碰，珊瑚还能活吗？！"外公的话语掷地有声，饱含着他对海洋生态的呵护与责任，让读者看到了一位坚定的海洋卫士形象。

外公用自己对海洋的热爱、对珊瑚海的守护，为山山树立了榜样。山山受外公潜移默化的影响，从一个好奇、冲动行事的孩子，成长为懂得敬畏海洋、理解海洋生态价值，积极投身于海洋保护事业的少年。外公在山山的成长中起到了至关重要的作用，是他在海洋世界中成长的引路人。

祖孙关系在这部作品中扮演着不可或缺的角色，对故事的演进和主题的传达起到了多方面的作用。

情感陪伴与温暖。山山初到陌生的珍珠村，外公成为他生活中的重要依靠和情感慰藉。他们朝夕相处，一起面对生活中的点点滴滴，外公给予的关爱和支持，让山山在新环境中感受到了家的温暖，他逐渐适应并融入了珍珠村的生活。

引导与教育。外公丰富的海洋知识和生活经验，成为山山成长过程中的宝贵财富。通过日常的交流与互动，外公将海洋的奥秘、渔民的生活智慧以及保护海洋生态的重要性，一点一滴地传授给山山，引导着他树立正确的价值观和生态观。

传承与延续。外公多年来守护珊瑚海，致力于海洋生态保护，这种对自然的敬畏和责任感，通过祖孙间的日常相处传递给了山山，使得保护海洋的使命在家族中得以传承和延续，让这份责任与担当延续给新一代。

成长与启示。在与外公相处的过程中，山山经历了许多挑战和困难。外公的言传身教、支持与鼓励，让山山在面对困难时学会了勇敢、坚强和担当，帮助他克服了内心的恐惧与迷茫，渐渐成长为一个充满自信、有责任感的少年。

增添生活趣味。外公丰富的人生阅历、独特的个性以及他与山山之间充满趣味的互动，为故事增添了许多温馨、欢乐的元素，让读者在感受海洋世界的神秘与壮阔的同时，也能体会到生活中的美好与乐趣。

《七彩珊瑚》不仅是孩子的成长故事，更是对海洋保护的深情呼唤。通过山山的自我蜕变与升华过程，突出了尊重自然、敬畏生命、守护海洋的主题，让读者在感受山山成长的同时，深入思考人与自然和谐共生的重要意义。

在当今社会，自闭症儿童的数量不断增加，他们面临诸多困境，成为一个备受关注的社会问题。自闭症儿童的困境令人担忧，而陈华清的小说《走出"孤岛"》为我们打开了一扇了解这个特殊群体的窗户。

《走出"孤岛"》讲述了关于爱与成长、孤独与希望的动人故事。主人公夏多吉，一个患有轻度自闭症的男孩，仿佛是被命运遗落在角落里的星星。他不喜欢与人交往，对他人有着本能的排斥，成绩也不尽如人意，在学校常常遭受欺负。而他最常去的地方，是自家楼顶的那间屋子，他称之为"孤岛"。在那里，他独自玩耍、尽情画画，享受着属于自己的小小世界的快乐。

"孤岛"在小说中具有多重含义。它是一个物理空间，也是夏多吉内心孤独的象征。这座"孤岛"，如同一座坚固的城堡，将夏多吉紧紧地包裹在其中，隔绝了外界的喧嚣和纷扰。他仿佛生活在一个透明的罩子里，能看到外面的世界，却无法真正融入。在学校里，他被同学们视为异类，那些嘲笑和欺负如同一阵阵冷雨，让他更加紧紧地蜷缩在自己的"孤岛"之中，寻求着那一丝微弱的安全感。

身处"孤岛"的夏多吉对绘画有着独特的天赋和无限的热爱。他的画笔仿佛被赋予了神奇的魔力，能将他心中那个奇幻而美丽的世界栩栩如生地展现出来。在绘画中，他找到了自己表达的方式，那一笔一画，都是他内心深处情感的流淌。他在外面受了欺负，回家用画画的方式表达他的不满。把欺负他的人画成巫婆和大黑虫，而他自己化身为"勇士"，去与坏人作战。"第三个回合，他们打得难解难分。老巫婆的小丑帽，被勇士的剑刺破。勇士的脸，被巫婆长长的指甲划伤。巫婆抽出手，端坐着刚要念咒语，勇士一剑刺进老巫婆的嘴。她念不了咒语，发不了巫力，忙跪地求饶。"勇士发出胜利的笑声，让他们滚出海岛。最后，"巫婆带着大黑虫坐上一条黑不溜秋的小船，灰溜溜地离开了海岛"。夏多吉画到最后，也仰天大笑，"心里舒服多了"。

在"孤岛"里，在画画中，夏多吉就是个"王"，但他还是要面对现实世界。妈妈、老师和同学们的爱与关怀，为他带来了走出"孤岛"的希望。

妈妈的爱如温暖的阳光，轻轻地洒在夏多吉那孤独的世界里，为他带来了希望和勇气。她深知自己的孩子与别的孩子不同，不奢求夏多吉在考试中能拿一百分，只希望他能拥有健全的人格。她坚信，自己的孩子虽然与众不同，但一定有属于他的精彩人生。当夏多吉在学校遭遇困境时，妈妈总是温柔地将他拥入怀中，给予他理解和支持。妈妈给予夏多吉勇气和力量，鼓励他在绘画中释放自己的情感，让他逐渐打开了自己紧闭的心门，开始尝试与外界接触。在妈妈的悉心呵护下，夏多吉的绘画天赋得以慢慢发挥。

班主任云韵、李梅梅等老师，也是夏多吉成长道路上的重要引路人。这些老师用耐心和爱心，一点点地引导着夏多吉走出孤独。他们看到了夏多吉的绘画天赋，为他提供展示的平台，鼓励他在艺术的世界里尽情遨游。他们以理解和包容的态度，对待这个特殊的孩子，让夏多吉感受到了来自学校的温暖。如李梅梅也是一名自闭症患儿的母亲，教儿子画画，儿子后来考上美术学院。她爱屋及乌，从国外回来，用业余时间教"星儿"画画。夏多吉在李梅梅的"艺术疗愈"法培养下，取得很大成功。

同学们的转变，也为夏多吉带来了巨大的鼓舞。起初，同学们对夏多吉充满了误解和排斥，他就像一个孤独的小岛，被大家遗忘在角落。但渐渐地，一些善良的同学发现他的优点，开始尝试接近他。比如，班长华汇嘉来夏多吉家里，跟他一起做作业。"华汇嘉盯得紧，不会做的作业，她就教他。他的数学很差，连数数都要绑着手指数。"她一遍遍地教夏多吉背乘法口诀，他老是记不住。每当她想发脾气的时候，就想起老师的叮嘱："夏多吉跟其他的孩子不同，要有耐心、爱心，千万不能对他发火。"于是，她就耐心地辅导他，帮他记忆。这个过程中，两个孩子都得到了成长。

同学们看到夏多吉专注绘画的样子，如同看到了一个神秘而美丽的世界。有同学主动和他分享画笔和画纸，邀请他一起参加美术小组的活动。当夏多吉在绘画中遇到困难时，同学们会围过来，七嘴八舌地给他出主意。他们就像一群活泼的小鸟，给夏多吉那寂静的"孤岛"带来了生机与活力。在同学们的陪伴下，夏多吉逐渐感受到了友谊的温暖，他开始慢慢放下心中的防备，融入这个充满爱的集体中。

在大家的共同努力下，夏多吉终于一步步走出了那座曾经困住他的"孤岛"，成长为一个有爱心的快乐男孩。

《走出"孤岛"》这部小说具有深刻的社会意义。很多人对自闭症一无所知，更别说用恰当的态度去对待、教育自闭症儿童了。这类儿童"沉溺于自己的世界，回避社会，行为刻板，情感反应迟钝，社会交流、语言沟通有障碍等。他们像天上的星星一样跌落人间，活在自己的世界里，离我们如星星般遥远"。《走出孤岛》通过讲述夏多吉的故事，科普了这方面的知识，让读者深入了解了自闭症儿童的症状及内心世界，看到了自闭症儿童的孤独、恐惧和无助。同时也看到了他们的天赋、潜力和希望。打破了人们对自闭症儿童的刻板印象，明白了，这些孩子虽然有着特殊的需求，但他们同样拥有着美好的未来。

不仅如此，《走出"孤岛"》还为自闭症儿童的教育提供了新的思路和方法。艺术疗愈和融合教育在夏多吉的成长过程中发挥了关键作用。它提醒我们，对于自闭症儿童，不能只是依赖传统的教育方式，而是要根据他们的特点和需求，去探索适合他们的教育途径。通过艺术、音乐、体育等多种渠道，激发他们的兴趣，挖掘其潜能，帮助他们融入社会。

小说也在呼唤社会对自闭症儿童的关爱和支持。"每一个孩子都是天使，都值得被温柔以待。"自闭症儿童需要家庭、学校、社会的共同努力，才能走出孤独，实现自我成长。社会应该建立更加完善的自闭症儿童支持体系，提供专业的治疗和教育资源，让他们感受到社会的温暖和关爱。

这部小说也让读者反思自己的生活态度。在这个忙碌的现代社会中，人们常常忽略了身边那些需要帮助的人。夏多吉的故事提醒人们，要多一些尊重和包容，少一些冷漠和排斥，用爱去打破人与人之间的隔阂，共同创造一个更加美好的世界。

《走出孤岛》是一部充满温暖和希望的小说，让读者看到了人性的美好和社会的进步。让我们一起为自闭症儿童加油，为他们的未来撑起一片广阔的蓝天；让他们在爱的怀抱中，绽放出生命的华彩。

# 心灵的春暖花开

封爱群的散文集《春暖花开》，以细腻的笔触、真挚的情感和积极向上的人生态度，为读者构建了一座充满爱与温暖、智慧与力量的心灵花园，为读者带来了一抹清新的色彩。

全书分为四辑，无论是家乡风土人情的描绘，还是难忘时光的追忆，抑或教海拾贝的启示，都透露着作者对生活的热爱与感悟。

在第一辑"家乡风景人情"中，作者用深情的文字描绘了家乡的一草一木、风土人情，勾画出了一幅幅充满乡土气息的画卷。美丽的西溪河、孔圣山、红树林等一一奔赴她的笔下。

《我爱故乡的圆椒》中，故乡的圆椒不只是一种普通的蔬菜，而是承载着作者对家乡深深眷恋的情感符号。《家乡习俗点滴谈》则如一幅生动的民俗画卷，展现了雷州半岛独特的文化魅力，读者仿佛能够嗅到那浓郁的乡土气息，感受到深厚的家乡情怀。这不仅仅是对家乡景物的赞美，更是对家土文化的传承与弘扬。这些文章让读者深切地感受到了作者对家乡的热爱，如同诗人艾青的名句："为什么我的眼里常含泪水？因为我对这土地爱得深沉。"

第二辑"难忘时光"，封爱群则以怀旧的笔触，追忆了那些已经逝去的时光，让读者走进了作者的童年与青春岁月，仿佛穿越时空，回到那些温馨而美好的日子。童年与青春，是人生中最宝贵的财富，作者用文字将它们珍藏，也让读者在阅读中找到了共鸣。

《永不流逝的童年》让那些美好的童年时光在文字中得以永恒，唤醒了每个人心中那段纯真无邪的记忆，让那份对故乡的牵挂愈发清晰；《爱读书的母亲》让读者真切感受到了作者对母亲的爱和对童年的无限怀念，对生命和时间有了更深刻的理解。

《难忘儿时中秋节》描绘了传统节日的欢乐氛围，让读者在时光的长河中重拾那份浓浓的乡愁。她这样写道："品尝月饼最神圣最渴望的时刻到啦！读者先是用舌头轻轻舔了舔饼皮，不舍得下牙咬，大家你看我，我看你，脸上都是笑眯眯的。一会儿，大方点的，下定决心，嘴巴轻轻在饼的一角咬一小口，然后乐呵呵地说：'嗯，香！甜！真香甜！'那种回味无穷的样子，引得其他伙伴也开始咬一点。我呢，还是不舍得张开嘴吃，用手悄悄捏碎一点皮，放在舌头上，一股香甜立刻传遍全身！我要回家后把这只饼和妈妈、姐姐、哥哥分享呢！玩累了，笑够了，月色也渐渐暗了，才依依不舍地相互告别，各自散去！"

这段文字如同一幅温馨的童真趣画，将儿时中秋节品尝月饼的美妙情景生动地展现在读者眼前。封爱群运用细腻如丝的动作描写"用舌头轻轻舔""嘴巴轻轻咬一小口""用手悄悄捏碎"，仿佛把孩子们面对月饼时那小心翼翼又满怀期待的神情，以慢镜头的方式一一呈现。孩子们的神态"脸上都是笑眯眯的"，如绽放的花朵般灿烂；那欢快的语言"嗯，香！甜！真香甜！"好似灵动的音符，奏响了欢乐的乐章。特别是"我"那份不舍得吃，还想着与家人分享的心思，犹如温暖的阳光，渗透着浓浓的亲情。整个场景充满童真童趣，让人感受到儿时中秋节的纯真与美好，勾起读者对童年时光的深深怀念。

此文之末，封爱群用今昔对比，感慨如今月饼虽多却没了儿时的感觉，以"月是故乡明，饼是儿时甜"结尾，表现对儿时美好的怀恋，拨动"60后""70后""80后"的心弦。

"教海拾贝"是书中的第三辑，封爱群分享了自己在教学工作中的一些感悟和体验。在此辑里，读者领略了一位教育工作者的思考与感悟。《悟教学之道，做诗意教师》《不愉快的抄书大礼包》等文章，展现了作者在教育教学中的探索与实践，体现了对教育事业的热爱与执着。正如雅斯贝尔斯所说："教育的本质意味着一棵树摇动另一棵树，一朵云推动另一朵云，一个灵魂唤醒另一个灵魂。"封爱群正是用自己的教育智慧和情怀，努力唤醒学生的心灵。

最后一辑"学海无涯"体现了作者对知识的渴望和对人生的不断追求。在这个快节奏的时代，能够静下心来读书、学习、思考，是一种难能可贵的品质。封爱群以开放的心态，接受了各种知识和文化的熏陶。在《健康是福》《最好的教育》《再努力一些，你也能成功》等文章中，她分享了自己在学习和生活中的心得与体会，为读者提供了宝贵的人生经验与启示。这些文字不仅让读者感受到作者对知识的渴望和追求，更让他们明白了成为一个有知识、有文化的人、学无止境的道理。

纵观全书，爱与明亮是主色调。笔调阳光、乐观，字里行间充满了积极向上的力量，不被灰暗与沮丧所染，始终给人积极向上的力量。正所谓："心若向阳，无谓悲伤。"封爱群正是以这样的心态，面对生活中的种种困难与挑战。通过她的文字，读者看到了一个充满阳光、积极向上的世。

爱这一永恒的主题，在书中温暖流淌，使读者沉浸在爱的韵味之中。因此，书中对母亲的敬意与怀念、对老师的感恩之情以及对爱的歌颂，都如同一股股暖流，流淌在读者的心田。爱读书的母亲、指引作者走向文学之路的陈华清老师，他们都是作者人生道路上的明灯，照亮了作者前行的方向，也让读者感受到了亲情与师恩的伟大。

封爱群说，日常生活有喜怒哀乐，而心态决定一切。选择积极乐观，便是选择了希望。尼采说："那些杀不死你的，终将使你变得更强大。"选择奋斗，便是选择了幸福。读《春暖花开》让读者明白，无论生活多么艰难，都应心怀阳光，勇往直前。

手捧《春暖花开》，犹如置身于一个繁花似锦的世界，心灵也迎来了春暖花开的时刻。愿每一位读者在阅读这本书的过程中，找到属于自己的那一片"春暖花开"。

# 第四辑

# 山河无恙·旅行中的灵魂之旅

祖国的大好山河，是我们永远的骄傲与向往。本辑收录了我游历祖国的行踪，从北国的香山红叶到南国的千年古埠，从厚重的名人故居到新韵的苏二村，每处都是一次心灵的旅行。在这里，我们可以领略到自然风光的无限魅力，感受人文历史的厚重，也能感受到那份对生命、对自然的敬畏与热爱。

# 香山醉红叶

金秋之际，我满心欢喜地踏上了前往北京香山的奇妙之旅。香山，这座屹立于北京西北郊的胜境，自古以来便是文人墨客心驰神往之地，承载着无数的诗意与情怀。

一入香山，便觉群山环抱，仿佛置身于一幅宏大的山水画卷之中。秋日的暖阳温柔地洒落在香山，漫步其间，既有敬畏又欢喜。

抬眼望去，漫山遍野的黄栌树叶似燃烧的晚霞，红得热烈奔放；如羞涩的少女脸颊，红得含蓄内敛；像娇艳的花朵，红得娇艳欲滴。片片红叶，如天地间绚烂的织锦，散发着独特的魅力。沿着蜿蜒的山径缓缓前行，脚下厚厚的落叶发出沙沙的声响，恰似大自然演奏的美妙乐章。

香山红叶，有悠久而深厚的历史文化底蕴。自金代起，香山就成为皇家游猎和行宫之地，那时的帝王将相们在这片美丽的山林中赏红叶、赋诗词，为香山增添了一抹高贵的色彩。无数文人雅士也被香山红叶的美景所吸引，纷纷留下了动人的诗篇。这些诗词描绘了红叶的美丽，也承载了那个时代的文化风貌和人们的情感寄托。

据说，乾隆皇帝曾多次来到香山，沉醉于红叶的美景之中。他在这里吟诗作画，留下了许多珍贵的墨宝。乾隆皇帝对香山的喜爱，也使得香山在清朝时期得到了进一步的开发和保护。

近代，伟大的诗人徐志摩也曾在香山的红叶下漫步，寻找灵感。他被香山红叶的绚丽所打动，写下了许多优美的诗篇。徐志摩的诗歌，为香山红叶增添了一份浪漫的气息。

来到玉华山庄，庭院深深，古树参天。榕树的枝叶在秋风中轻轻摇曳，似在低语着古老的故事。泉水淙淙流淌，亭台错落有致，显得幽雅宜人。我静静地坐在亭中，任由秋风吹拂，用心体会难以言表的宁静与祥和。

我登上静翠湖。此处以山为屏，红叶如火，似在热烈地燃烧。我沿着湖边缓缓踱步，脚下的落叶发出咯吱咯吱的声音。红叶黄花相映成趣，历史的园林胜景在这一刻仿佛重现眼前。

看云起亭位于驯鹿坡东侧，站在亭中远眺，红叶林区尽收眼底。这里的红叶，红的如火，黄的如金，绿的如玉，五彩斑斓，美不胜收。我闭上眼睛，深深地呼吸着秋天的气息，心中满是无尽的欢喜。

森玉笏那峭崖之巅的风景亭，是近观红叶的绝佳之地。我奋力登上二百余台阶，终于来到亭中。驻足于此，举目四望，远山近坡，红黄交织，层次分明。红叶如火海般蔓延至山脚，秋风轻拂，红叶翻飞，犹如一片舞动的火海，又似万千翩跹的蝴蝶。鸟瞰之下，视野无比广阔，令人心旷神怡。我不禁沉醉在这如诗如画的景致中，心中涌起一股难以言表的喜悦。

玉华岫亦是观赏红叶的绝佳之处，院内平坦优雅，红叶与松柏交相辉映，构成一幅幅美丽的画卷。我凭栏南眺，黄栌密布山峦，金秋的桑树和栾树点缀其间，宛如一幅生动的秋景图。

隔云钟亭位于昭庙琉璃塔西侧，站在亭中，北山的红叶景观一览无余。远处群山连绵，红叶似火；近处亭台楼阁，古韵悠长。我沉浸在这份宁静与美好之中，再次充满了对大自然的敬畏与感激。

古人描写北京香山的诗词，为香山增添了文化魅力。金代诗人周昂的《香山》："山林朝市两茫然，红叶黄花自一川。"以简洁明快的笔触，描绘出香山秋日红叶黄花的美丽景色。通过对比山林与朝市的茫然，凸显出香山自然风光的独特魅力。诗句中的"红叶黄花自一川"，寓意着香山秋色如诗如画，美不胜收。

明代诗人孙一元的《香山》："枫叶经霜醉，松枝历雪贞。况兹抱幽独，足以慰平生。"诗人借枫叶经霜变红、松枝历雪坚韧之景，表达了对香山自然美景的热爱与赞美之情。

香山的红叶，并非一蹴而就的艳丽，而是历经风霜雨雪的洗礼，才愈发显得浓烈而醇厚。这种红，不单单是视觉上的冲击，更是心灵上的震撼。在中国传统文化中，红色象征着吉祥、热情和生命力。香山红叶的红，不单单是一种颜色的表达，更是一种文化的传承。每到秋天，人们纷纷涌向香山，在欣赏那片片红叶的同时，也在感受着中华民族传统文化的博大精深。

香山红叶的盛景，既是大自然的慷慨馈赠，也是历史的深厚积淀。据史书记载，香山的黄栌树是清代乾隆年间栽植，经过两百多年的生长繁衍，方形成如今这般蔚为壮观的景象。这些树木见证了香山的历史变迁，也见证了中华民族的兴衰荣辱。每当我站在香山之巅，俯瞰那片片红叶时，心中便涌起对大自然的敬畏之情与对历史的敬重之意。

香山，这片古老的山林，见证了历史的沧桑与变迁。它曾是金朝皇帝的游猎之地，也是元朝行宫所在地。在历史长河中，香山见证了诸多重大事件和人物活动，这些都在古诗词中得以体现。金、元、明几代帝王曾在此兴建亭台楼阁，留下了一段段辉煌的历史。历史的变迁并未减损香山的美丽与魅力，相反，它更显古朴庄重，充满岁月的痕迹与韵味。

此次香山之行，我领略了大自然的鬼斧神工与历史的厚重底蕴。那绚烂的红叶，将永远铭刻在我的记忆之中，成为我人生旅程中一道亮丽的风景线。

## 将军林与将军潭

在南海之滨的湛江市麻章区湖光镇，有一处梦幻仙境的胜地——湖光岩。它以独特奇绝的地质遗迹、旖旎如画的自然风光、醇厚深沉的人文景观，吸引着万千游客纷至沓来。

当我步入湖光岩，那一片郁郁葱葱的"将军林"率先映入眼帘。遥想 1999 年 5 月 26 日，国防科技大学的六十三位军界翘楚亲手栽下这片树林。自此，"将军林"之名在岁月长河中熠熠闪耀。二十余载悠悠而过，如今这些树木高大挺拔，恰似坚守边疆的钢铁卫士，忠诚守护着比德国艾菲尔地区玛珥湖更具科研价值的湖光岩玛珥湖。林木繁茂葱郁，如剑直指苍穹，为人们撑起一方清凉宁静的天地。漫步其间，微风轻拂树叶，沙沙之声似历史的温柔低语。或许，这片土地曾见证无数将军的壮志豪情，承载着岁月的璀璨荣光。有诗记录："将军林翠映湖光，岁月悠悠韵未央。挺拔身姿如卫士，守吾华夏韵悠长。"

而在八桂大地的广西，十万大山中的八寨沟，将军潭就坐落于八寨沟之中。这里是大自然鬼斧神工的杰作，潭水如一块巨大的墨玉，深沉而幽静，不见其底。清澈

冷冽的潭水旁，有山岩平台，仿佛是大自然特意为勇敢者搭建的舞

台，人们在这里体验跳水的刺激与欢乐。上方山泉飞瀑如银练般飞流直下，奏响一曲雄浑的乐章。周围的仙女潭如仙子般温婉秀丽，贵妃池尽显雍容华贵，龟王石栩栩如生，新月潭恰似一弯新月，各具特色。

将军潭的风景，既有雄浑壮阔之美，又有温婉细腻之韵。远处的山峦连绵起伏，与潭水相映成趣，增添了几分雄浑与壮美。将军潭的宁静与祥和，让人的心灵得到了深深的慰藉。在这里，远离城市的喧嚣，尽情地感受大自然的恩赐。听着鸟儿的欢歌，呼吸着清新的空气，仿佛置身于一个世外桃源，让人流连忘返。它不仅是一处自然美景，更是心灵的栖息地，等待着每一位向往自然、追求宁静的旅人去探索、去发现、去沉醉其中。

"将军潭水碧如蓝，倒映青山韵万千。静影沉璧映天地，传奇故事永流传。"将军潭的诸多传说，都表现出它的神奇与不凡。

传说，将军潭因两位赫赫有名的将军而得名。东汉光武帝刘秀时期的伏波将军马援，公元40年交趾郡叛军作乱，马援率军平叛，士兵染瘟疫，恰是潭中"神水"治愈他们。中国近代爱国将军、民族英雄刘永福，1867年率领黑旗军入越南抗法，据说曾驻军此处，对美景赞不绝口，常于潭中畅游。

又传，在很久很久以前，有一只凶猛的恶龙在附近为非作歹，搞得百姓民不聊生。一位勇敢的将军听闻此事，决定为民除害。他与恶龙在八寨沟展开了一场激烈的战斗，最终将恶龙逼至将军潭边。恶龙垂死挣扎，掀起巨大的波浪。将军毫不畏惧，纵身跳入潭中，与恶龙展开殊死搏斗。经过一番激战，将军成功斩杀恶龙，拯救了百姓。从此，将军潭便成了人们心中的神圣之地，象征着勇敢和正义。

我站在潭边，凝视那宁静水面，仿佛能触摸岁月的沉淀，感受历史的厚重深沉。

将军林与将军潭，两位"将军"不仅仅是自然的馈赠，更是历史的见证。那些曾经的将军，用他们的勇气和智慧，书写了壮丽的篇章。而如今，我们站在这片土地上，感受着自然之美与人文之韵的交融，是否也应该肩负起传承和守护的责任呢？

湖光岩的独特魅力，不仅在于自然景观的如诗如画，更在于拥有世界上最大、最典型、保存最完整的玛珥火山地质遗迹。形成于十四至十六万年前，双火山口湖与火山岩垣组成大地的珍贵馈赠。

将军林在广东，将军潭在广西，皆为我国著名风景胜地，每日吸引无数游客前往打卡。人们能悠然前往湖光岩、十万大山等地度假休闲，正是因为有无数"将军"为我们负重前行，祖国才这般和平安宁。将军林与将军潭，这两个充满魅力之地，将自然的壮美与人文的韵味完美融合。无论是追求自然奇观的探险家，还是钟情人文历史的文化爱好者，都能在此找到属于自己的独特体验。当你告别将军林与将军潭时，两广的这两颗瑰宝的美丽与神奇，必将深深印刻在心中，成为一段难以磨灭的诗意回忆。

# 共荣：牵手：足荣

踏入足荣村茂德公大观园里，首先吸引我的是一座名为《牵手》的雕像。雕像的原型是陈宇的爷爷奶奶，其灵感来自《诗经》的"执子之手，与子偕老"。这座塑像，是陈宇对祖辈们爱情的深情致敬，也是他对家乡的热爱和对乡村振兴的执着追求。

在牵手广场的后面，矗立着世界上最大的单体雷派建筑——"三间屋"。这座大屋是以陈宇的爷爷陈茂德故居为参照物，放大 40 倍后修建而成的。共有四层，内部是粤西地区最大的乡村"手作博物馆"。

走进博物馆的第一层，仿佛置身于雷州半岛民俗文化的历史长卷之中。通过图片、文字、实物等的展示，雷州半岛的传统酿酒、制酱、制糖、制瓷、石雕工艺等一一呈现在眼前：雷州石狗造型千姿百态，是雷州先民生活习性和精神信仰的象征；雷州木雕技艺精湛，让人赞叹不已；雷州傩舞的面具以木雕为主，体态轻巧，颜色以黑、红、黄为主，线条朴实夸张，色彩鲜明。雷州半岛曾是历史上的京官贬谪之地，有"南蛮之地"之说。而被贬的官员带来的丰富的中原文化，对雷民的精神面貌产生了深远影响。

乘坐电梯到达博物馆的第三层。这里主要是手作的互动体验区和雷州手工艺术品的展示区。与一楼不同的是，游客看中的艺术品可以直接购买带走。而游客可以亲自体验遂溪醒狮的制作过程，感受广东南狮流派的独特魅力；尝试雷州陶瓷制作，在泥土的旋转中创造出属于自己的作品；还可以尝试浸染雷州葛布，润泽雷州半岛传统纺织文化。雷州半岛气候湿润，适宜蔓草生长，勤劳的妇女们自古以来就擅长织葛，她们细心纺织出来的葛布，质量上胜绸缎，薄如蝉翼，宜为夏衣。

在茂德公大观园，还可以观看许多以雷州文化为主题的展览和表演，如雷州方言电影、雷州方言歌曲等。陈宇通过举办这些活动，促进了雷州文化与其他地方的文化"牵手"，推动了文化的交流和融合。

在参观过程中，我了解到了陈宇的创业故事。他大学毕业留在城市工作。2004年，在城市打拼并赚取了几桶金的陈宇，听从内心的召唤，回乡创业，在雷州城附近建起了樟树湾大酒店、茂德公鼓城、"三间五房"老菜馆等。这些项目主打"雷"字牌，如雷州换鼓、雷剧、雷歌、雷州味道等，大力弘扬雷州文化。此外，陈宇还致力于打造乡村振兴品牌。在他的出生地雷州市龙门镇足荣村，建起了茂德公大观园，打造茂德公食品生产基地，开发生产香辣酱系列等。这些本土特产通过与其他地方的"牵手"，走向了更广阔的市场。由于味道鲜美，包装精美，产品深受消费者的喜爱。

二十年来，陈宇凭借着自己的努力和智慧，在众人的支持下，通过城市与乡村"牵手"，让更多的人看到了乡村的美丽、潜力以及更多的可能性。他也成为一名成功的企业家，为乡村振兴贡献力量。

即将离开茂德公大观园时，我又一次驻足"牵手"广场，思绪万千。

在雷州这片土地上，"牵手"成为一个动人的主题，它如同一股温暖而强大的力量，悄然改变着城市的面貌和乡村的生活。

城市与乡村的牵手，是跨越地域的相拥。樟树湾大酒店、茂德公鼓城在城市中大放异彩，茂德公大观园在乡村熠熠生辉，为村民提供大量就业的机会。它们的牵手，打破了城乡之间的隔阂，让资源与机遇相互流通。城市的资金、技术、人才流向乡村，乡村的自然风光、民俗文化为城市增添魅力。例如，乡村旅游业因城市游客的涌入而蓬勃发展，为当地村民带来了丰厚的收入，村民开办了农家乐、民宿，生活水平显著提高。这种牵手，是地理空间上的连接，也是心灵的契合，让人们感受到城乡一体的美好。

雷州文化与其他地方文化的牵手，则是思想与灵魂的交流。全国方言电影在足荣村的举办，雷州方言歌曲《新年好 笑眯眯》等的创作，仿佛是文化的使者，传递着雷州独特的韵味和情感。在文化的牵手中，雷州人不再局限于一方天地，而是能够领略到多元文化的魅力，拓宽视野，丰富心灵。通过文化交流，雷州的传统手工艺品受到了更多人的关注和喜爱，销量大增，手工艺人的收入增加，传统技艺也得到了更好的传承和发展。文化的交融，如同璀璨星河中的繁星相互辉映，让雷州人的精神世界更加绚丽多彩。

本土特产与其他地方的牵手，是经济的合作与共荣。香辣酱等特色产品走出雷州，走向更广阔的天地。这一牵手，不仅带来了经济的增长，更传递了雷州的味道和故事。与电商平台的合作，让香辣酱的销量大幅提升，品牌知名度越来越高，带动了相关产业的发展，创造了更多的就业机会。它让外界了解雷州，也让雷州融入更大的市场，实现了资源的优化配置和共同发展。

无论是城市与乡村、城市文化与乡村文化，还是特产与市场，每一次牵手都是一次机遇，都是一次成长。牵手，是一种团结的姿态，是一种合作的精神，更是乡村振兴的希望和未来。它意味着我们不再孤单前行，而是携手共进，创造更美好的明天，共同"足荣"！为此，我以诗记之：

雷州沃野绽华颜，足荣乡隅绘锦澜。

牵手同行前路阔，共荣盛景映长天。

在广西南宁邕江之畔，有一座美如诗画的青秀山。秀美的青秀山，安然静坐在南宁市东南方，如一颗碧绿的明珠，镶嵌于这片钟灵毓秀的大地。青秀山历史悠久，据古籍记载，早在东晋时期，就有文人墨客在此留下诗篇，赞美其清幽的景致。在漫长的岁月中，这里成为众多高僧隐士修行论道的胜地，佛教文化在此生根发芽。

在青秀山的群峰翠影间，龙象塔傲然屹立于山顶，俯瞰着充满现代化气息的南宁市，见证着这座城市改革开放前后岁月的变迁，沧桑与繁荣。

怀着对龙象塔这座古老建筑的敬仰之情，我和好友阿雄开启了探寻青秀山的旅程。拾级而上时，一场小雨不合时宜地飘然而至，我们赶忙躲进号称园林造景经典的千年苏铁园，期待着千年铁树开花。濛濛细雨中，龙象塔那巍峨的身影诱惑着本想休憩片刻的我们。阿雄说："真想长双翅膀飞上去！"我微笑着举起伞，打趣道："让它带你飞！"两人继续攀登，边拍摄广西特有的树种，边尽情呼吸那浓郁的负离子。

龙象塔终于近在眼前！那高耸入云的身姿，巍峨而雄壮，透着岁月沉淀的厚重与庄严，我们不禁为其雄伟气势所深深震撼。赶忙掏出手机，从各个角度疯狂拍摄，试图将它的每一处细节都留存下来。这座始建于明代的古塔，历经了 400 多年的风雨洗礼，岁月的侵蚀在它身上留下了斑驳的痕迹，却依然无法磨灭它那挺拔的脊梁和坚毅的灵魂。

在时光的印记中，有不少关于龙象塔的故事。相传很久以前，此地常有恶龙作祟，引发洪水泛滥，危害百姓。而一头善良的巨象为了拯救苍生，与恶龙展开了一场激烈的搏斗。最终，巨象战胜了恶龙，但自己也力竭而亡。百姓为了纪念巨象的英勇和善良，决定在山顶修建一座塔，取名龙象塔，期望它能镇住邪恶，保佑一方平安。

龙像塔像一位饱经沧桑的老者，静静地矗立在山顶，见证着时代的变迁。据说，在古代，龙象塔是为了镇住邕江的水患而建。当时，邕江江水时常泛滥，给当地百姓带来了无尽的灾难和痛苦。为了祈求平安，人们集众人之力修建了这座高塔，希望能够借助它的力量，平息江中的波涛，保佑一方安宁。它承载着当地百姓对美好生活的向往和期盼，是他们心灵的寄托和精神的支柱。

沿着古老的台阶，我们缓缓攀登龙象塔。每一步都仿若跨越了时空，与历史的脉搏相互呼应。那布满青苔的台阶，写着曾经的繁华与沧桑。当年守塔的僧人如今何在？或许他们早已化作历史的尘埃，但他们的坚守和信念却仿佛依然萦绕在这座塔的周围。倘若南宁市政府在塔前置一天幕，让光与影呈现百年史实，那该是多么令人震撼的场景！那一幕幕历史的画面，将带着我们穿越时空，感受这座塔所经历的风风雨雨。

终于登上塔顶！那一刻，眼前的景象令我瞬间屏住了呼吸。视野瞬间开阔，整个青秀山的美景宛如一幅无比壮丽的画卷在眼前徐徐展开。山峦起伏，连绵不绝，宛如巨龙蜿蜒；绿树成荫，郁郁葱葱，恰似绿色的海洋。清风拂过，枝叶摇曳，发出沙沙的声响，仿佛大自然正在奏响一曲宏大的交响乐。远处的邕江犹如一条银色的丝带，蜿蜒流淌，在阳光的照耀下闪烁着迷人的光芒。那波光粼粼的江面，仿佛镶嵌着无数颗璀璨的宝石，熠熠生辉。山清水秀的壮丽与宏大，令人心生敬畏，也让人陶醉其间。

正沉醉其中，阿雄惊叫道："快看，彩虹！"我凝视远方，只见横跨邕江的彩虹桥，仿佛海市蜃楼，变幻着雨后绚丽的色彩！

从龙象塔下来，在雨中漫步，犹如置身于一座文化的宝藏之地。古代的石刻、摩崖造像，每一处都承载着古人的智慧与情感。400年来，是谁在守护着这些文化古迹？它们如同岁月的印记，静静地讲述着往昔的故事。石刻、摩崖造像是历史的见证者，也是文化的传承者，我和阿雄不禁肃穆鞠躬。在这难得的片刻宁静中，放慢脚步，于绿水青山间感受历史的深邃与厚重。

夕阳伸着懒腰跃入邕江，余晖映照在龙象塔上，为其披上一层金色的光辉。我和阿雄缓缓离去，心中满是不舍。龙象塔，不仅是青秀山的标志性建筑，更是一座承载着历史与文化的丰碑。在龙象塔长长的身影下，我们既领略到了自然之美，又感悟到了人文之韵。

# 过山车的极速挑战

在大多数人的传统观念里，过山车仿佛是年轻人专属的冒险游戏，刺激与疯狂只属于那些朝气蓬勃的身影。可这世间总有一些勇敢的人，敢于打破常规，就比如我，毅然以无畏之姿挑战过山车，用行动书写着中年别样的精彩传奇。

通常，人们觉得晚年才是人生的静谧时光，是含饴弄孙、安享清闲的安稳阶段。而过山车，那风驰电掣的钢铁猛兽，在每个游乐园的刺激项目中都牢牢占据 C 位，且有着超过 55 岁不能乘坐的规定。但对于那些勇于挑战的人来说，若晚年只是平淡收尾，那该多遗憾。就像网传的 70 岁卢大爷，不甘被岁月束缚，4 年来竟乘坐了 8000 多次过山车，曾在一天内挑战 43 次极速飞车，令人惊叹不已。

还有美国著名作家海明威，他一生充满冒险精神。在晚年的时候，他也勇敢地挑战了过山车。据说，当他坐在过山车上，感受着风的呼啸和速度的刺激时，仿佛又找回了年轻时的激情与勇气。他用行动诠释了什么是真正的勇敢和对生活的热爱。

英国女王伊丽莎白二世在年轻时也曾体验过过山车。她的勇敢和敢于尝试新事物的精神，给人们留下了深刻的印象。尽管岁月流转，但她的勇敢一直被人们传颂。

2024 年 7 月，在南宁的"方特东盟神画"，我踏上了这场高龄过山车挑战之旅。当天下午，我与一群活力四射的年轻人一同排队等候。这时，一个笑容如阳光般灿烂的姑娘注意到了我："您多大啦？我听说超过55岁不能坐呢。"因我头发过早地白了，姑娘一定以为我是大爷了。我说道："52岁。"姑娘就让我通行了。

当我坐上过山车，系好安全带，仿佛有一只不安分的小鹿，在我的胸膛里横冲直撞。既期待着即将到来的刺激冒险，又隐隐担忧自己是否真的能承受这风驰电掣的挑战。过山车犹如一头狂野的钢铁巨兽，瞬间挣脱束缚，以排山倒海之势呼啸而出。那速度恰似一道闪电撕裂天际，让人目眩神迷，仿佛要把整个时空都搅得天翻地覆。风在耳边怒号，如同凶猛的巨龙在咆哮，让人的心跳瞬间失控。

随着过山车加速，我的手紧紧抓住扶手，眼睛死死盯着前方。急速俯冲的那一刻，我的心瞬间提到了嗓子眼，强烈的失重感如潮水般袭来，仿佛整个人要被抛向无尽的虚空。我的眼睛睁得大大的，心里感到既惊恐又兴奋。惊恐是因为这种刺激远超预期，兴奋则是因为我在挑战自己，突破年龄的限制。在那一瞬间，我仿佛回到了年轻时候，充满活力与无畏。

再一次爬高，我的心情稍缓，但紧张依旧如影随形。我微微皱着眉头。看着周围景物迅速变小，蓝天白云仿佛触手可及。我想，人生正如这过山车，有起有落，有高有低，只要勇敢面对，就能体验其中的精彩。

过山车倾斜、旋转，我的身体也随之晃动。我咬紧牙关，努力保持镇定，脸上肌肉紧绷。此时，心中充满对生活的热爱和对自我的挑战。我要用行动告诉世人，年龄只是一个数字，决定人生精彩的，是内心那份执着热爱。全红婵在长隆水上乐园6次挑战过山车，青春活力绽放；

美国的贾里德·雷姆坐过山车，源于对探险的热爱，还成功减肥 200 斤。而我，作为中年挑战者，只想再次感受年轻时飞起来的梦幻感觉。

过山车如脱缰野马高速运转，俯冲、爬高，再俯冲、爬高，倾斜、旋转。耳边是呼啸风声和年轻人的尖叫声，眼前是飞速掠过的模糊景物，那种刺激仿佛要将人的灵魂都甩出车外。我虽未呼喊，但心中满是遗憾 ——为何不早点来体验呢？

过山车缓缓停下，我整理好衣服，朝着入口处那个漂亮的姑娘走去，微笑着说："谢谢你，我成功了！"然后在空中轻轻写下一个数字。姑娘睁圆美丽的眼睛，不自觉地竖起大拇指。

天边，夕阳正变幻着迷人光彩，仿佛在为我的勇敢挑战喝彩。我深知，这次挑战不仅是对自我的突破，更是对中年生活的一种激励。对于中年人来说，生活中常常面临各种压力和挑战，我们容易被岁月磨去棱角，失去那份勇敢和激情。而这次过山车之旅，让我重新找回了年轻时的活力和勇气。它告诉我们，无论何时何地，都不应放弃对生活的热爱和对梦想的追求。年龄不是束缚，勇敢的心永远年轻。让我们以挑战过山车的勇气，去面对生活中的每一个挑战，书写属于中年人的精彩传奇。

赤坎，是湛江市的"首善之区"。这座满溢魅力的城区，在历史的进程中，绽放出千年古埠独有的璀璨光彩。

我目睹了赤坎的沧桑巨变。忆往昔，改革开放前的赤坎与普通乡镇老圩并无二致：经济欠发达，狭窄的街道尘土飞扬，南华酒店、南华市场等地皆是破旧的房屋，那时的日子平淡且艰难。

当改革开放的号角吹响，赤坎焕发了青春的光彩。经济迅速腾飞，商业日益繁荣，基础设施持续完善。我见证了昔日狭窄的街道逐渐变得宽阔平坦，现代化的建筑如雨后春笋般拔地而起，取代了那些陈旧的屋舍，人们的生活水平实现了质的飞跃。

赤坎在发展的进程中，从未忘却保护历史文物。那些承载着时光记忆的骑楼、古码头等都被悉心保存。赤坎的骑楼别具一格，那一排排镌印、刻着岁月痕迹的建筑，犹如一部部无声的史书。精美的雕花与独特的建筑风格，完美融合了中式与西式的建筑元素。骑楼下的长廊，是人们休闲漫步、交流交易的商业旺角。我曾时常漫步于骑楼下，轻轻触摸那古老的墙壁，感受着历史的温度。

赤坎老街，那是一片充满传奇故事的土地，承载着厚重的历史背景与深邃的文化底蕴。

回溯历史，赤坎的商贸之路可追溯至宋代，那时虽然商埠初成，但已种下繁荣的种子。清道光年间，赤坎"商船蚁集，懋迁者多"，一跃成为粤西商业物流中心，热闹非凡。而在1941年至1943年，更是成为中国大陆唯一未沦陷的对外通商口岸，两千余家商号林立，盛况空前，书写着那个时代的辉煌篇章。20世纪初，商贸兴旺之际，本土巨商许爱周善于开拓，填海扩地，让赤坎街区面积大幅度增加，"民字头"马路见证着城市发展的传奇历程。

走进赤坎老街，纵横交错的街道四通八达，巷中有巷，大巷套着小巷，相互穿插，密密麻麻，让人仿佛置身于一座迷宫之中。赤坎老街还保留着众多历史建筑和文化景点，如静园、陈明仁将军纪念馆、广州湾历史民俗馆、三有公司遗址等。许爱周故居，外国设计师赋予其独特的船头造型，红色水磨石科林斯式柱子，尽显庄重与典雅；"长发庄"商号、黎民伟故居等，承载着特定历史记忆，让人仿佛穿越时光。尤其是广州湾商会会馆，建于1923年，是当时的地标性建筑。其设计仿照法国钟楼样式，半圆拱门、扁弧拱形窗以及顶部的钟亭，独具一格。会馆旁便是赤坎老街古商埠的十座码头，当年所有商船都在此启航、停靠并装卸货物。码头之上是长长的青石台阶，一直通向大通街和街上数不胜数的商号。曾经，大通街上大部分商号经营进出口货物。如今，尽管这些码头已失去原有功能，变成寻常巷道，但寻迹其中，仿佛仍能看见当年千帆竞渡的壮观景象，听见码头工人抬着沉重货物、沿着青石台阶一步步登上大通街时发出的喘息声。

老街的文化底蕴体现在多元的文化融合上。岭南骑楼与欧式风格建筑相得益彰，见证了中外文化的交流碰撞。历经风雨洗礼的外廊、拱廊、拱门、百叶窗和女儿墙，在和煦阳光的映照下，凸显岁月的繁华与沧桑。当年，这里的住户来自全国各地，由于逃难、经商等原因，在这里聚居，带来了多元的民俗文化。大通街商号的进出口货物，见证着曾经的商业繁荣与贸易交流。

网剧《隐蔽的角落》在赤坎老街取景拍摄，随着它的走红，这里也声名的大噪。水井坊等瞬间成为网红打卡胜地，每日都有来自五湖四海的游客前来拍照留念。大井油条更是成为游客必尝的"网红美食"，十分抢手。赤坎人乘势而为，借力出海，做好文旅等工作，进一步提升了老街的知名度和文化影响力，成为历史与现代文明传承与发展的亮丽名片。老街以其独特的魅力，向世人展示古老的建筑与现代元素的完美融合。

我也常常来到这些地方，看着熙熙攘攘的人群，感受着赤坎的全新活力。

赤坎的步行街也是一道独特的风景线。曾经狭窄的街道如今宽敞明亮，街道两旁店铺林立，各种时尚的商品琳琅满目。夜晚，华灯初上，步行街更是热闹非凡，人们在这里购物、品尝美食、享受夜生活。政府对步行街进行了精心打造，不仅提升了街道的硬件设施，还注重注入文化元素，使其成为赤坎文旅的重要组成部分。

赤坎历史博物馆，于我而言，就如一座神秘的时光宝库。当我踏入这座博物馆，仿佛穿越了时空隧道。在这里，我看到了明清时期赤坎古商埠的繁荣盛景。那十大古码头遗址，似乎在诉说着昔日商船往来的繁忙。五大会馆的木雕构件精美绝伦，彰显着当时商业、金融、文化教育的兴盛。广州湾时期的民俗物品、票据、民国钱币等，记录着那个特殊历史阶段的社会风貌。

博物馆里的老照片，照片上的人们身着古朴的服饰，在古老的街道上忙碌着。凝视着这些照片，我仿嗅到那个时代的生活气息。那些锈迹斑斑的陈旧物品，见证了赤坎人民的勤劳与智慧。

改革开放后，赤坎历史博物馆也在不断发展变迁。我仍记得最初的时候，场馆里只是陈列着一些费尽周折收集来的实物，资料图片少得可怜。而如今，这里已摇身一变，成为一座设施完备、展品丰富的现代化博物馆。图文并茂的光影设备、栩栩如生的古埠图以及历史变迁的模拟曲线，让人仿佛身临其境。博物馆不再仅仅是存放文物的地方，更是传播历史文化、开展爱国主义教育活动的重要基地。

在改革开放的浪潮中，赤坎取得了令人瞩目的成就。曾经熙熙攘攘的 K 物街，是我心中难以磨灭的记忆。经济的快速发展，使赤坎成为地区经济的重要增长极。文化事业蓬勃发展，画展、粤剧表演、舞狮表演等艺术形式层出不穷，传统文化得到了更好的传承与弘扬。

回顾改革开放以来的岁月，我与赤坎历史博物馆一同成长，一同见证着赤坎的变迁。它用无声的语言，讲述着赤坎的故事，展示着赤坎的成就。它让我铭记历史，珍惜现在，激励着我为了更加美好的未来而不懈努力。

我坚信，赤坎的未来必定光芒万丈。这片神奇的土地必将继续挥洒豪情，书写属于它的不朽传奇。在传承厚重历史文化的同时，果敢开拓、锐意创新，豪迈地迈向更加辉煌灿烂的明天。

茂名朋友带我去看好心湖。为什么叫好心湖？对这个名字，我感觉挺纳闷的。朋友说，去之后就知道了。这吊足了的好奇心。

好心湖坐落在茂名市露天矿生态公园内，湖水澄澈透明，倒映着湛蓝的天空和朵朵白云，仿佛一幅天然的中国画。微风拂过，湖面泛起层层涟；波光粼粼，如同无数细碎的银片在闪烁。湖岸边，垂柳依依，嫩绿的柳枝随风飘舞，轻轻拂过水面，如羞涩的少女在梳妆。湖边的草地碧绿如茵，恍如柔软的绿色绒毯。不知名的小花星星点点地散布其中，五彩斑斓，芳香阵阵。

朋友说，茂名是中国南方著名的"油城"，中国石化第一家炼油的分厂就在茂名。好心湖之"好心"，源于岭南圣母冼夫人的名言"我事三代主，唯用一好心"，承载着茂名深厚的历史与文化底蕴。

与好心湖有关的历史，要追溯到那段激情燃烧的岁月。20世纪50年代，在这片原本荒无人烟的土地上发现了油页岩。不久，来自全国各地的10多万建设者奔赴这里挖矿炼油。他们在极端恶劣的环境中创造了无数个石油创业的奇迹，为缓解当时国家石油困难作出了特殊贡献。

荣耀的背后，是这片土地所承受的巨大伤痛，留下巨大的矿坑，多年的雨水积聚，形成了矿坑湖。湖水逐渐酸化，水质恶劣，周边滑坡、坍陷、泥石流等地质灾害频发。这个中国第二大、南方最大的露天矿坑，成了城市的一道深深的"伤疤"，刺痛着茂名人民的心。

在巨大的采矿收益与牺牲生态环境之间，茂名人民选择把绿水青山留给子孙后代。他们凭借聪明才智和勇气，因地制宜，让这片土地涅槃重生，打造出一个露天矿生态公园，而原来的破旧厂房则改造成露天矿博物馆。现在，原来的"矿坑"，就变成了清澈美丽的好心湖。

生态的改善为茂名这座城市带来了全新的活力。由于空气质量大幅提升，全民徒步、环湖马拉松、骑行等体育赛事等在这里接连不断举行，人们在这片绿色的天地中尽情挥洒着汗水，享受着健康与快乐。附近的村民也因这生态的优化，发展起了民宿、农家乐，一幢幢小洋房如雨后春笋般拔起。曾经外出打工的乡亲们纷纷归来，共同建设这片美丽的家园。

我在湖边，看着眼前的风光，想象着当年的情景，现实与历史在我的脑海里不断切换。

我仿佛看到了先辈们在此战天斗地的身影，他们用勤劳和智慧，在这片土地上挖矿炼油，为改变中国贫油论而不懈努力。如今，时代变迁，国富民强，新一代茂名人肩负起了还这里绿水青山的使命。

眼前，杜鹃花在湖边绽放，那是市民们齐心协力拉来沃土种下的希望之花。它们红得似火，鲜艳夺目，每一朵都像是在尽情燃烧着自己的生命。微风拂过，花瓣轻轻颤动，仿佛在低语着对这片土地的感激之情。望着绚烂的杜鹃花，我心中涌起一股莫名的感动。它们从异地而来，却毫无保留地将自己的美丽奉献给了这片曾经贫瘠的土地，用热情与活力，装点着好心湖的每一个角落。杜鹃花的绽放，让我感受到了生命的顽强与不屈，也让我看到了茂名人民对美好未来的坚定信念。

山包上，桉树高高挺立，笔直的树干如同一个个钢铁战士，守护着这片土地。桉树的叶子细长而柔软，在微风中摇曳，发出沙沙的声响，仿佛美妙的音乐。我走近桉树林，抚摸着它们粗糙的树皮，感受着那份坚韧与沧桑。这些桉树见证了这块土地的变迁，在曾经的废墟上扎根生长，展现出了顽强的生命力。望着它们，我不禁对大自然的神奇和生命的力量充满了敬畏。

漫步在好心湖边，空气中弥漫着清新与芬芳，没有了往日暗沉沉的雾霾，只有鸟语和花香。草地上，花花绿绿的野营帐篷，像是盛开的花朵。年轻的恋人们手挽手，在如画的美景中徜徉，幸福的笑容在脸上绽放，

三三两两的人们，或散步，或休闲，各得其乐。我想，从外地来的游人，也许并不知晓这美丽景色背后历史。但这又何妨？就像那移植而来的杜鹃花，已然在这片热土上扎根、绽放。

在好心湖畔，我领略到了大自然的鬼斧神工，看到了人与自然和谐共生的美好，感受到了历史与现实的交融，也看到了未来的希望。

# 中山孙韵长流芳

中山，这座屹立于珠江三角洲的明珠，既有迷人的自然风光，又具蓬勃的经济活力，更因深厚的文化底蕴和辈出的名人雅士而备受瞩目。这片充满生机的土地上，名人文化如清泉流淌，润泽着一代又一代中山人的心灵。

提到中山市的名人，伟大的民主革命先驱孙中山先生的身影，率先浮现在我的脑海。一个风和日丽的日子，我来到中山市，专程去参观孙中山故居。孙中山先生诞生于中山市（原香山县）翠亨村。当我踏入翠亨村，仿若穿梭于时光隧道，回到了那个风云变幻的动荡年代。

孙中山故居，一座砖木结构的两层楼房，中西合璧，别具一格，静静地坐落在翠亨村的怀抱中。这座故居简约而质朴，却承载着先生的童真岁月与青葱年华。这是一座建筑，也是那段风起云涌历史的忠实见证者。

推开那扇由宋庆龄女士亲手题写的"孙中山故居"木刻牌匾之门，我仿佛听见了历史的低语。正厅内，一切依旧，那是孙中山先生亲自布置的陈设，书桌、台椅、铁床等，每一件物品都散发着岁月的光华。长台上，那盏1883年从香山带回的煤油灯，虽已斑驳，却曾经照亮了先生心中的革命之光。孙中山先生为了实现民族独立、民主自由和民生幸福，倾其一生，奉献了所有。他的思想和精神，恰似一盏永不熄灭的明灯，照亮了中国近代前行的道路。

"一椽得所，五桂安居"，这副对联，是孙中山先生亲笔所书，字迹苍劲有力，表达了他对这片土地的深情与愿望。步入卧室，大木床、梳妆台、椅子，一切都那么朴素而温馨。这里是孙先生休憩与思考的地方，我能看见先生夜不能寐，辗转反侧，心中满是对国家命运的忧虑与对革命道路的思索。

二楼的书房，更是孙先生精神的栖息地。书桌上散落的书籍与笔记，记录着他对未来的构想与规划。墙上挂着的 17 岁照片，青涩而从容，那是孙先生革命生涯的起点，也是他一生奋斗的见证。

厅内陈列的物品，一幅幅泛黄的照片，定格了孙中山先生的伟岸身姿和坚毅的目光。那是他为民族复兴奔走呐喊的真实写照。陈旧的书籍整齐，页面微微泛黄，仿佛先生仍在，不曾离去。

一方古朴的砚台，似乎还残留着先生奋笔疾书时的缕缕墨香。那一笔一画，皆凝聚着对理想的炽热追求。还有那笔挺的中山装，静静陈列着。我仿佛看到先生穿着它，为民族大业奔走呼喊的英姿。

展柜中的一封封书信，笔迹苍劲有力，见证了先生的爱国热忱与伟大抱负。而那些勋章与奖章，在灯光的映照下闪耀着光芒，见证了先生的丰功伟绩。每一件陈列品，都宛如一位沉静的讲述者，无声地述说着孙中山先生的传奇一生，让人心生无限敬仰。

漫步在故居，我仿佛与孙中山先生进行了一场跨越时空的对话。

在那个风雨飘摇的年代，孙中山先生胸怀壮志，远渡重洋，探寻救国救民的真理。檀香山的兴中会，是他革命理想的起点，他誓言"驱除鞑虏，恢复中华"；东京的同盟会，凝聚了无数热血志士，"三民主义"如熊熊火炬，点燃了人们心中对民主共和的热切渴望；广州起义的枪声，撕破黑暗的夜幕，黄花岗的英烈们用鲜血谱写了不屈的篇章；武昌起义的烽火，终成燎原之势，一举推翻了腐朽的清王朝。尽管胜利的果实一度被窃取，但先生毫不气馁，一次次挺身而出，发动"二次革命""护国运动""护法运动"，那坚定不移的身影从未有过片刻退缩。

孙中山先生的一生，是为中华民族的独立、民主和富强拼搏奋进的一生。他所提出的"三民主义"，成为中国民主革命的指路明灯，为推翻封建帝制、创建共和政体筑牢了坚实的理论基石。他那坚定不移的信念和百折不挠的精神，激励着无数中华儿女勇往直前。

孙中山先生的伟大，不仅在于其彪炳史册的革命功绩，更在于其思想和精神的传承与延续。他始终坚守着"天下为公"的崇高理念，一心只为人民的幸福安康和国家的昌盛繁荣。他的爱国情怀、民主意识和进取精神，构成了中山名人文化的核心要义，也化作了中华民族无比珍贵的精神财富。孙中山先生的革命事迹和伟大精神，将永远铭刻在历史的丰碑之上，激励着后人为了光明的未来不断奋勇前行。孙中山倡导的民主、平等、自由的价值观，与现代社会的发展理念完美契合。在当今时代，我们依旧需要大力弘扬孙中山先生的精神，坚定不移地推进民主法治建设，全力促进社会公平正义，不断增进人民福祉，推动国家走向繁荣昌盛。

孙中山先生的思想也激励着我们持续追求创新和进步。他主张借鉴西方先进的技术和制度，并结合中国的实际情况推陈出新。这种开放包容、勇于创新的精神，对于我们在全球化的浪潮中，实现国家的发展繁荣和民族的伟大复兴，具有极其重要的启示作用。

站在故居前，回首那段光辉岁月，我深深感受到孙中山先生作为中国近代史上伟大的革命先行者，所留下的不仅仅是这座充满历史痕迹的故居，更是那份为了国家富强、民族振兴而不懈奋斗的革命精神。这份精神，将永远镌刻在中华民族的记忆之中，成为我们不断前进的动力源泉。

# 古韵新声 苏二村

　　一直以来，我对充满历史韵味的古老村落怀有浓厚的兴趣。当我听闻与苏东坡有关的苏二村被评为第六批"中国历史文化名村"时，便寻找时机踏上这片古老的土地，开启了一场难忘的旅行。

　　苏二村位于雷州半岛，分为古村和新村两部分，原名荔枝村。进入古村，仿佛穿越时空隧道，回到了古代。北宋大文豪苏东坡被贬至海南时，途经雷州半岛，听闻荔枝村的荔枝王"双袋子"特别香甜，便慕名前往品尝，却因不是荔枝成熟季而错过。后来苏东坡遇赦北归，再次踏入荔枝村，终于如愿品尝到了那令人垂涎欲滴的荔枝。荔枝村的村民们被苏东坡对荔枝的痴迷所感动，为纪念这位文学巨匠与村子的奇妙缘分，将村名改为"苏二村"。

　　村口，一棵古老的参天大树傲然挺立，如一位岁月的守护者。这棵有着几百年历史的荔枝王，树干粗壮，枝丫肆意伸展，犹如一把巨伞撑起一片神秘的天空。树皮斑驳，给人一种庄严而又神秘的感觉。春风轻轻拂过，树叶沙沙作响，仿佛在低吟着古老的歌谣。在阳光的照耀下，树叶闪烁着翠绿的光芒，如同无数颗绿色的宝石。

　　不远处，一口千年古井静静伫立，井水清澈见底，好像一面古老的镜子，映照着天空和周围的景物。传说这口井的水源来自附近的山泉，是苏东坡所挖。千年来，它就像一位忠诚的卫士，默默坚守，从未枯竭。井边的石头被岁月打磨得光滑圆润，散发着古朴的气息。站在井边，我仿佛能感受到千年前苏东坡在此驻足的身影，那历史的厚重感让人肃然起敬。

古井边上，一座古宅散发着岁月的韵味。它红砖灰瓦，虽历经沧桑，却依然散发着古朴的气息。那精致的雕花门窗，展示着别具特色的古建筑风貌和深厚的文化底蕴。古宅的墙壁上，爬满了绿色的藤蔓，为这座古老的建筑增添了生机与活力。阳光透过树叶的缝隙洒在古宅上，形成一片片斑驳的光影。

古村的街道狭窄而古朴。小巷蜿蜒曲折，如同一首悠扬的古曲，引领着我走进历史的深处。石板路被岁月打磨得光滑平整，上面布满了岁月的痕迹。走在小巷里，仿佛能听到古人的脚步声在耳边回响。小巷两旁是古老的民居，这些民居全由红砖红瓦建成，虽然历经沧桑，但仍然散发着岁月的韵味。瓦片层层叠叠，错落有致，如同一片片鱼鳞，覆盖在屋顶上。

而苏二村的新村，则展现出了另一番景象。每一户人家都有自己的花园，园中有各种各样的花草树木，五彩斑斓，美不胜收。粉色的桃花如天边的云霞，娇艳欲滴；白色的梨花如雪般纯洁，清新淡雅；红色的玫瑰如燃烧的火焰，热情奔放。花丛中，蜜蜂忙碌地飞舞着，采集着花粉，为这个美丽的花园增添了一份生机与活力。花园中还摆放着古朴的石桌石凳，让人在欣赏美景的同时，也能坐下来休息片刻，感受大自然的宁静与美好。

在这里，乡村生活宁静而悠然。清晨，阳光透过薄雾洒在大地上，唤醒了沉睡的村庄。鸟儿在枝头欢快地歌唱，仿佛在为新的一天欢呼。

村民们早早地起床，开始了一天的劳作。有的在田间地头忙着耕种，有的在果园里精心照料果树，还有的在河边清洗衣物。他们的脸上洋溢着朴实的笑容，那是对生活的热爱和对未来的憧憬。

傍晚，夕阳的余晖染红了天边，整个村庄被一层金色的光芒所笼罩。村民们扛着农具，缓缓地走在回家的路上。烟囱里升起袅袅炊烟，那是家的味道，是温暖的象征。一家人围坐在一起，吃着简单而美味的饭菜，分享着一天的喜怒哀乐。饭后，老人们坐在门口，讲述着古老的故事，孩子们在一旁嬉戏玩耍，欢声笑语回荡在整个村庄。

在苏二村，我深深感受到乡村振兴战略给这个古老村落带来的翻天覆地的变化。新铺设的水泥路，犹如一条蜿蜒曲折的玉带，将苏二村与外界紧密连接在一起。这条水泥路宽敞平坦，为村民们的出行带来了极大的便利。车辆在上面行驶，平稳而舒适，仿佛在演奏着一首欢快的交响曲。电力供应也得到极大改善，村民们不再被黑暗笼罩，日夜光明的生活让人们重新燃起了希望的火焰。明亮的灯光照亮了每一个角落，让苏二村在夜晚也焕发出勃勃生机。

政府对古树、古井等宝贵的历史遗迹进行专门保护，让这些承载着历史记忆的遗迹重新焕发出光彩。为了保护荔枝王，专门设置了防护栏，防止人们过度靠近而破坏它的生长环境。同时，对古井进行了清理和修缮，确保井水的清澈和源源不断。这些历史遗迹是苏二村的宝贵财富，也是中华民族传统文化的重要组成部分。它们见证了历史的变迁，承载着人们的记忆和情感。

为了提升苏二村的形象，政府大力开展环境整治。村民们积极参与，学会了保护环境、爱护家乡。他们清理了村里的垃圾，种植了更多的花草树木，让苏二村焕发出勃勃生机。清新的空气和绿意盎然的景色让人心旷神怡。走在苏二村的街道上，到处都能看到盛开的鲜花和嫩绿的草地。那五颜六色的花朵，如同一个个美丽的精灵，在微风中翩翩起舞。草地如同一块绿色的地毯，柔软而舒适。村里的河流也变得清澈见底，鱼儿在水中欢快地游来游去。河边的垂柳依依，倒映在水中，构成了一幅美丽的画卷。

村委会还组织了一系列的文化活动，传统戏曲、民间舞蹈、手工艺品等各种艺术形式在苏二村绽放光彩。在古老的戏台上，演员们身着华丽的戏服，演唱着古老的戏曲。那悠扬的唱腔、优美的动作，让人仿佛回到了古代的舞台。民间舞蹈则充满了活力和激情，演员们用他们的热情和汗水，展现出了苏二村人民的精神风貌。手工艺品展示区，摆放着各种各样的手工艺品，如剪纸、刺绣、编织等。这些手工艺品精美绝伦，体现了苏二村人民的智慧和创造力。

这次苏二村之旅，让我感慨万千。从过去的贫困落后到现在的繁荣富足，乡村振兴战略改变了苏二村的命运。这里的村民们感受到了充实和幸福，他们的生活质量得到了极大的提高。乡村的面貌焕然一新，古老的村落焕发出新的生机与活力。苏二村的成功经验也成为周边乡村发展的借鉴，乡村振兴的火种在广东大地上燃起，带来了乡村的希望和新生。

如今的苏二村已经成为当地的旅游热点之一，每年的假日，游客络绎不绝。人们来到这里，在喧天的锣鼓声中，感受着一种勃勃生机；在古树古井古宅中，沉淀古村落的静谧与宁静。在这里，可以欣赏古树的繁茂，细味古井水的清甜，畅赏古宅的文化底蕴。而村落的振兴也带动了当地的农民增收致富，村民们通过开办农家乐、销售特色农产品等方式，赢得了更好的生活。

苏二村，是中国乡村振兴的一个生动缩影。它告诉我们，保护和利用乡村的传统文化和历史遗迹，不仅能够为乡村注入新的活力，更能让乡村在新时代焕发出新的生机。随着千百万工程在全国范围内的推广，我们有理由相信，会有更多的古村落像苏二村一样，展新颜，播新声。这些古村落将成为传承中华文化、连接现代与历史的桥梁，为实现中华民族伟大复兴的中国梦贡献独特的力量。

在新时代的浩荡浪潮中，南海之滨的湛江市赤坎，这个千年古埠，散发着独特的魅力。各行各业携手并肩，在乡村振兴、"百千万工程"以及"鲜美湛江"的奋进之路上昂首前行，共同谱写着美好生活的壮丽史诗。

赤坎的文化底蕴深厚而独特。民俗文化绚丽多彩，那悠久的庙堂小戏，在天后宫、水仙庙、妈祖庙等庙宇和祠堂前，每逢民间佳节，便搭台唱戏，雷剧、粤剧、木偶戏轮番登场。传统戏目《樊梨花》《公主坟》《春娥教子》等，以粤语、雷州话等多种语言婉转吟唱，锣鼓钹、唢呐声声悠扬，承载着赤坎人的文化记忆与深情寄托。

始建于宋代的古商埠赤坎，老街弥漫着浓郁的文化气息。岭南骑楼与欧式建筑交相辉映，是中西文化碰撞的缩影。曾有香翰屏、冯凌云等名人墨客在此挥毫泼墨、创作书画，为老街增添了浓厚的文化氛围。如今，这里已成为文化艺术的汇聚之地，各类文化活动与艺术展览精彩纷呈，吸引无数市民与游客，感受其独特魅力。

国家级非物质文化遗产湛江木偶戏，集粤剧、粤西白戏等五戏同台，表演形式独特，技艺精湛，令人赞叹。省级非遗项目调顺网龙别具特色，在政府支持下走进校园，建立传承基地与培训班，编写教材，成立校园网龙队，培养出众多年轻舞龙队员，在众多比赛中屡获佳绩。

赤坎的乡村振兴，在经济发展的浪潮中勇立潮头，在环境改善的征程中绽放光彩，在文化建设的道路上阔步前行，在基层治理的探索中砥砺奋进。村民生活水平如芝麻开花节节高，乡村整体面貌焕然一新，为城乡融合发展奏响了激昂奋进的壮丽乐章。

百姓村历史悠久，始建于清康熙年间。村委会以经济建设为中心，办实体、建综合楼与铺面，集体收入可观。旧村改造后，水电、道路焕然一新，小广场错落有致，成功入选"全国民主法治示范村"。金田村积极推进"金田泉水蔬菜"品牌建设，成为周边城区重要"菜篮子"基地，村民幸福满溢。田园观光绿道规划有序，如绿色梦幻长廊，全力打造乡村休闲观光旅游线路。其乡风文明建设与基础设施完善相得益彰，入选广东省乡村振兴示范村及省"百千万工程"首批典型村。

调顺岛在乡村振兴浪潮中光彩绽放。发展生态农业，种植有机蔬菜和特色水果，通过电商平台销往全国。闲置农舍改造成特色民宿，海边渔村成为美丽滨海旅游胜地，游客可品尝海鲜、欣赏海景。还举办丰富多彩的民俗活动，如调顺渔家文化节，展示渔家技艺和文化，让更多的人了解和喜爱这座海岛。丰厚村是广东省第一批革命老区村庄。红色南路（丰厚）教育基地吸引众多人感受红色洗礼。立足传统产业，水稻、蔬菜种植稳步推进。农业生态公园项目建设如火如荼，三农电商基地蓬勃发展，推动农文旅深度融合。环境整治与基础设施建设成绩突出，荣获"湛江市最美村庄""湛江市生态文明村"等称号，入选省"百千万工程"首批典型村。

"百千万工程"如神奇画笔，为赤坎勾勒宏伟蓝图。项目纷纷落地，厂房拔地而起。工业发展带来机遇与挑战，企业勇于创新，提升竞争力。服务业蓬勃发展，商场、酒店、旅游景点如繁星点缀大地。人们生活便捷，消费选择丰富，幸福感不断提升。

在"鲜美湛江"的口号下，赤坎区的美食文化熠熠生辉。走进赤坎的老街巷，仿佛穿越了时光隧道。古老的骑楼建筑下，隐藏着无数令人垂涎欲滴的美食。赤坎的美食文化有着悠久的历史传承。早在明清时期，赤坎作为重要的商埠，南来北往的商人在此汇聚，也带来了各地不同的美食文化。经过岁月的沉淀和融合，逐渐形成了独具特色的赤坎美食风格。

在赤坎，最耀眼的是那一家家香气四溢的海鲜餐馆。丰富的海洋资源赋予了赤坎得天独厚的海鲜美食优势。螃蟹、虾、贝类等各种海鲜琳琅满目，新鲜得仿佛刚从大海中跃出。清蒸石斑鱼，鱼肉鲜嫩，入口即化，淡淡的海味在舌尖上舞动；椒盐皮皮虾，外壳酥脆，虾肉饱满，咸香与鲜美完美融合。除了海鲜，赤坎的牛杂也是一绝。在热闹的街边小店，一口大锅翻滚着浓郁的牛杂汤。据说，赤坎的牛杂制作技艺可以追溯到几十年前，那时的人们凭借着精湛的手艺和对美食的执着，将牛杂烹饪得美味可口。精心挑选的牛杂，经过长时间的炖煮，变得软烂入味。牛肚的韧性、牛筋的嚼劲、牛肉的鲜嫩，搭配上独特的酱料，让人回味无穷。

赤坎的小吃更是丰富多彩。虾饼，金黄酥脆，满满的鲜虾镶嵌其中，咬上一口，"咔滋"作响，鲜美的味道瞬间弥漫开来。虾饼的制作历史也颇为久远，从祖辈们的小摊位到如今的街边小店，一直深受人们喜爱。还有那爽滑的肠粉，细腻的米浆摊成薄薄的一层，加上鸡蛋、瘦肉、虾仁等配料，再淋上特制的酱汁，口感爽滑，香气扑鼻。这些美食承载着赤坎人的记忆与情感，见证了岁月的变迁。它们是赤坎的名片，吸引着来自五湖四海的游客前来品尝。而餐饮业也不断创新发展，推出特色菜品与服务，为"鲜美湛江"贡献力量。

在乡村振兴、"百千万工程"和"鲜美湛江"推动下，赤坎教育、医疗、文化等事业不断进步。学校书声琅琅，孩子们追逐知识梦想；医院精心照料患者，守护健康；文化广场载歌载舞，享受多彩精神生活。

展望未来，赤坎规划清晰，振奋人心。乡村振兴方面，加大农村基础设施投入，完善水利、电力、通信设施，提升生活品质。发展特色农业产业，打造知名农产品品牌，拓展销售渠道。结合乡村旅游，开发农家乐、民宿，让乡村成为度假胜地。

在"百千万工程"引领下，积极引进高端制造业和新兴产业，培育产业集群。加强科技创新，推动企业转型升级，提高产品附加值。完善交通网络，提升物流效率，为经济发展提供支撑。加大对中小企业扶持力度，营造良好营商环境，激发市场活力。

对于"鲜美湛江"建设，深入挖掘美食文化内涵，举办美食节，推广赤坎美食。加强餐饮行业规范管理，提升服务质量。结合旅游资源，打造美食旅游线路，吸引更多游客品尝美食、体验文化。

古老而年轻的赤坎，以崭新姿态屹立新时代潮头。各行各业的人们用智慧和汗水，为这片土地注入无限活力。在乡村振兴道路上，让农村更加美丽宜居；在"百千万工程"引领下，不断创新，推动经济持续发展；在"鲜美湛江"旗帜下，传承弘扬美食文化，让更多人了解和喜爱赤坎。

　　走进江西赣州（古称"虔州"），自然的灵秀之气与历史的厚重之感便扑面而来。

　　章江与贡江的交汇处，江水滔滔，奔腾不息。站在江边，望着那浩渺的江水，感受着江风的吹拂，心中自然涌起一股豪迈之情。周敦颐曾言："花落柴门掩夕晖，昏鸦数点傍林飞。吟余小立阑干外，遥见樵渔一路归。"眼前的景象，不正是诗中的意境吗？夕阳的余晖铺在江面上，一闪一闪，远处的渔船缓缓归来，仿佛一幅宁静而美好的山水画。

　　登上郁孤台，俯瞰赣州城的美景。远处的山峦连绵起伏，与城市的轮廓相映成趣。"泽国纫兰，汀洲搴若，谁与招魂？"让我感受到了一种深沉的历史情怀。郁孤台，见证了多少历史的变迁，又承载了多少文人墨客的感慨。伸伸手，我仿佛能触摸到历史的脉搏，感受到先人的智慧与情感。

　　罗田岩，山清水秀，宁静致远，仿佛一位沉默的守护者，留存着周敦颐讲学的余韵。通天岩同样有周敦颐留下的思想印记。古老的石窟，承载着岁月的沧桑，仿佛在回忆着当年周敦颐或许曾在此驻足沉思的身影。那神秘的洞穴，似在默默倾听着他对理学的阐释。阳光洒在岩壁上，我仿佛能看到他与学子们探讨宇宙万物之理的场景，那是智慧的碰撞，是思想的火花在闪耀。

四贤坊静静矗立，承载着对周敦颐等四位贤良的深切缅怀与崇高敬意。四贤坊的青石立柱，镌刻的楹联仿佛在讲述周敦颐的传奇。那一个个苍劲的文字，如同历史的回音，将我们带回到那个思想激荡的时代。铜像下，人们驻足凝视，仿佛能感受到周敦颐的儒雅风范。广场上，微风拂过，似在传颂他的理学精义。仿古商业街的喧嚣中，也隐隐透着他的智慧之光。四贤坊，不仅是一座建筑，更是一座连接古今的桥梁，让后人跨越时空，与周敦颐对话，汲取他的思想力量，传承对真理的执着与对高尚品德的追求。

古老街巷的青石板路蜿蜒曲折，街边的古建筑错落有致，雕梁画栋，古色古香。走在青石板路上，我仿佛感受到周敦颐的气息。这座城的古朴与纯净，恰似他所追求的君子品质。

行走在赣州，我总是想起周敦颐，仿佛他就在我的身边，向我讲述他在这里的故事，阐述的理学思想，诵读他在这里写的诗文。

周敦颐（960 年—1127 年），字茂叔，号濂溪，世称濂溪先生，是北宋著名的思想家、哲学家、文学家，被推为"北宋五子"之一。他出生于北宋道州营道县（今湖南省道县）书香门第，自幼聪慧好学，对知识有着强烈的渴望。在那个时代，社会动荡不安，人们的思想也处于迷茫之中。然而，周敦颐却凭借着自己的坚定信念和对真理的执着追求，在学术的道路上不断前行。

周敦颐的一生，充满了坎坷与波折。他曾在多地为官，致力于推行自己的理学思想和教育理念。他先后在湖南、江西、广东等地任职，每到一处，他都积极兴办学校，培养人才，为当地的文化教育事业作出了巨大贡献。

在湖南永州，周敦颐游历了淡岩、含晖岩、华严岩、朝阳岩、九龙岩等五个岩洞，并留下了九方题刻。这些题刻不仅展现了他的文学才华，更体现了他对自然的热爱和对人生的感悟。在故乡道县，他度过了自己的童年和少年时光。故乡的山水风光和人文气息，深深地影响了他的思想和性格。他也在故乡悟道，思考着宇宙万物的奥秘和人生的意义。

周敦颐广泛涉猎儒家、道家、佛家等各种思想流派，汲取其中的精华，逐渐形成了自己独特的理学思想体系。他认为，宇宙万物皆由"太极"而生，"太极"是宇宙的本原和本体。他提出了"无极而太极""太极本无极"等重要观点，强调了宇宙的无限性和统一性。同时，他还主张"诚"为道德的最高境界，认为人应该通过自我修养，达到"诚"的境界，最后实现与天地万物的和谐统一。他以莲花喻君子，倡导如莲花般高洁正直、出淤泥而不染的品德。

嘉祐六年至治平元年，周敦颐在虔州（今江西赣州）担任通判一职。在赣州的四年，他兴办濂溪书院，让理学的光辉在赣南大地熠熠生辉。从此，理学的种子在这里生根发芽，教育之花蓬勃绽放。同时，他以笔为剑，以思为刃，著就《太极图》《通书》《易说》等鸿篇巨制，又挥就《养心亭说》《爱莲说》《拙赋》等精美短文。尤其是千古名篇《爱莲说》，成为中国文学史上的千古传奇。

周敦颐在赣州通判任上时，于都的罗田岩濂溪阁成为他讲学之地。这里山清水秀，宁静致远。他身处这方清幽之所，目睹世间的繁华与喧嚣，心中感慨万千。在那个时代，社会风气复杂，人们追名逐利，道德观念逐渐淡薄。周敦颐以其敏锐的洞察力和深刻的思考，渴望寻找一种能够象征高尚品德的事物，以激励人们坚守内心的纯净与善良。

遥想当年，周敦颐漫步在罗田岩的池塘边，看到一池盛开的莲花。

莲花亭亭玉立，出淤泥而不染，濯清涟而不妖。这美丽的景象深深地触动了他的心灵，激发了他的创作灵感。于是，他挥笔写下了《爱莲说》这一传世之作。

《爱莲说》以莲花为喻，表达了周敦颐对高尚品德的追求和对世俗社会的批判。以"水陆草木之花，可爱者甚蕃"开篇，引出众多花卉之可爱。然而，他却独爱莲花。莲花生长在淤泥之中，却不被淤泥所污染，经过清水的洗涤，依然不显得妖艳。这是一种何等高洁的品质！它象征着君子即使身处污浊的环境中，也能保持自身的纯洁与高尚，不随波逐流，不被世俗的诱惑所左右。"中通外直，不蔓不枝"，莲花的茎内部贯通，外形笔直，不生枝蔓，不旁逸斜出。这体现了君子的正直与刚正不阿，坚守原则，不攀附权贵。"香远益清"，莲花的香气远播，更加清幽。这寓意着君子的品德高尚，能够影响他人，给人带来美好的感受。"亭亭净植，可远观而不可亵玩焉"，莲花亭亭玉立，洁净地挺立在水中，只能远远地观赏而不能轻易地玩弄。这表达了对高尚品德的敬重和珍视，同时也暗示了君子的尊严不可侵犯。

在《爱莲说》中，周敦颐通过描写莲花的形象，表达了自己高尚、正直、洁身自好、不与世俗同流合污的人生态度。希望人们能够像莲花一样，在纷繁复杂的世界中，保持内心的纯净与善良，坚守道德底线，做一个真正的君子。

《爱莲说》一经问世，便引起了强烈的反响。以其深刻的思想内涵和优美的文学语言，成为中国古代文学的经典之作。它不仅是文学作品，更是一座人们的精神的丰碑，激励着后人在人生的道路上不断追求高尚的品德，为实现自己的人生价值而努力奋斗。《爱莲说》影响了后世的文学创作，也成为中国传统文化中对高尚品德的重要象征。它影响深远，激励着人们在困境中坚守原则，在繁华中保持淡泊，在世俗中追求高尚。

当我在赣州诵读《爱莲说》时，仿佛穿越时空，与周敦颐一同站在了罗田岩的濂溪阁前。那一朵朵盛开的莲花，如同一个个高洁的灵魂，荡涤我的心田。我感受到了周敦颐对君子品德的执着追求，也领悟到了人生的真谛。它让我们明白，真正的君子，应如莲花一般，无论身处何种环境，都能保持内心的纯净与美好。在这个纷繁复杂的世界里，我们会遇到各种各样的诱惑和挑战，但只要心中有莲花般的品质，就能坚守自己的信念，不被外界所干扰。

《爱莲说》留下的精神财富太多了，也确立了周敦颐在文学史上的地位。周敦颐的一生，也是一部史诗。他的理学思想和高尚品德，将永远铭刻在历史的长河中，成为我们中华民族宝贵的精神财富。

赣州的山水，是大自然的馈赠；赣州的人文，是理学思想的生动体现。行走在赣州的土地上，追寻周敦颐的理学思想与足迹，我仿佛一次次穿越时空，与这位伟大的思想家进行心灵的对话，领悟他的智慧与哲思，感悟他的理学之光与爱莲之美。我感受到了周敦颐理学中所蕴含的和谐、宁静与深邃。对我来说，这不仅仅是一次旅行，更是一次心灵的洗礼。

得益于周敦颐思想与精神的滋养，赣州这座城，历经岁月的洗礼，却依然保留着那份古朴与纯净，恰似那高洁的莲花，在尘世中绽放出独特的光彩。

离开赣州时，我的心中满是不舍，带着对这片土地的眷恋、对理学的感悟、对莲的爱恋，踏上新的征程。

# 第五辑

# 韶光警世·错失的墨香年华

青春，本应是书页间最绚烂的色彩，却因一时的懈怠而错失了那抹墨香。本辑以青少年故事为蓝本，讲述了他们因未能珍惜读书时光而留下的遗憾与悔恨。一个个故事，犹如一面面镜子，映照出青春的迷茫与遗憾，鞭策着年轻一代珍惜学习的时光，莫让青春在追悔中度过，用知识的光芒照亮未来的路。

　　司徒强生长于一个偏远的小山村。村子被连绵的山脉环绕，交通不便，信息闭塞，这里的人们过着靠天吃饭的农耕生活。司徒强的家庭是村里典型的贫困户，父母都是老实巴交的农民，每天辛勤劳作，也仅能维持一家人的温饱。

　　司徒强的家是一间破旧的瓦房，墙壁被岁月侵蚀得千疮百孔，每到下雨的时候，屋内就会摆满各种接雨水的盆盆罐罐，雨滴打在上面发出的滴答声在寂静的夜里格外清晰。他的衣服总是哥哥姐姐穿剩下的，打着补丁，颜色也因多次洗涤而变得黯淡。在学校里，司徒强总是显得格格不入，同学们的嘲笑和异样的眼光如同阴影般笼罩着他。

　　从很小的时候起，司徒强就明白自己的出身无法改变。他没有漂亮的衣服，没有精致的文具，没有那些城里孩子拥有的丰富课外书和新奇的玩具。他看到村里很多孩子早早地就辍学回家，帮着父母干农活或者外出打工，他们似乎都默认了命运的安排，在这大山里重复着祖祖辈辈的生活轨迹。

　　班里有些同学早早辍学去打工，司徒强觉得自己读书成绩不是很好，也想跟着他们出去打工赚钱。班主任李老师见他不来上课，去他家家访。知道司徒强的想法后，李老师给他讲了自己是如何从一个农村娃通过刻苦读书而改变命运的故事。"我不想被这出身所束缚，我渴望走出大山，去看看外面的世界，去追寻属于自己的人生。我深知，读书是我唯一的出路。"

李老师大学毕业在城市工作，但他申请到乡村支教，想让乡村的孩子获得更多的知识。

"司徒强，我不能选择自己的出身，但可以选择人生。现在，我有能力了，就能选择做自己喜欢的事。如果你没有文化，没有能力，想帮助别人都心有余而力不足。回校读书吧，这是改变你命运的最好途径。明白吗？"

司徒强点点头，李老师的话像一把火点亮他的。

每天清晨，当第一缕阳光还未完全穿透晨雾，司徒强就起床了。他借着微弱的光线，坐在那张摇摇晃晃的旧书桌前开始读书。家里没有闹钟，他只能凭借着生物钟和窗外鸟儿的啼叫声来判断时间。他的书本是用过好几届的学生的旧教材，书页已经发黄，边角也有些破损，但司徒强却视若珍宝。

在学校里，司徒强是最刻苦的学生。他总是第一个到教室，最后一个离开。课堂上，他全神贯注地听讲课，生怕错过任何一个知识点。课间休息的时候，别的同学都在嬉笑打闹，他却在默默地背诵课文或者做练习题。老师们都很喜欢这个勤奋的孩子，尽管他的基础比城里的孩子差很多，但他的努力让老师们都对他充满了期待。

司徒强的学习之路并非一帆风顺。由于山村教育资源的匮乏，他在学习上遇到了很多困难。英语发音不标准，数学的一些概念理解起来很吃力，作文写得也很干涩。有一次，他在英语课上朗读课文，那带着浓重乡音的发音引来了同学们的哄堂大笑。司徒强的脸涨得通红，他感觉自己的自尊心受到了极大的伤害。回到家后，他躲在被窝里偷偷地哭了。他开始怀疑自己，是不是真的没有读书的天赋，是不是无论怎么努力都无法改变自己的命运。他的思想有了波动，不像以前那样努力读书。

班主任发现了司徒强的异常。有一天，老师去司徒强家家访时，语重心长地说："我知道你在学校里受了委屈。你家世世代代都是农民，没有什么文化，能给你的也只有这贫困的生活。但是，你不要灰心，你要记住，你虽然不能选择自己的出身，但你可以选择自己的人生。不要去管别人怎么看你，只要你自己知道自己要去哪里就行。这就像一场马拉松比赛，那些嘲笑你的孩子也许在起点上比你靠前，但这不是短跑，是一场漫长的较量，拼的不是起点，而是你的坚持。"

班主任的话如同一道闪电，照亮了司徒强心中的心。他擦干眼泪，重新振作起来。为了纠正英语发音，他每天早上都会跑到村子后面的小山坡上，对着空旷的山谷大声朗读英语。他的声音在山谷里回荡，虽然有些孤单，却充满了力量。为了理解数学概念，他用树枝在地上一遍又一遍地画图、演算，直到完全掌握为止。作文写不好，他就去村里唯一的小学老师那里借书看，学习别人的写作方法，并且坚持每天写日记，锻炼自己的文字表达能力。

司徒强的努力开始有了回报。他的成绩逐渐提高，在班级里的排名也不断上升。他的英语发音变得标准流利，数学成绩在年级里也名列前茅，作文还经常被老师当作范文在课堂上朗读。同学们对他的态度也发生了改变，从最初的嘲笑变成了敬佩。

司徒强并没有因此而骄傲自满，他知道自己还有很长的路要走。中考来临的时候，他充满信心地走进考场。

当考试结果公布了，司徒强以优异的成绩考上了县城里的重点高中。这个消息在小山村引起了轰动，村民们纷纷前来祝贺。司徒强的父母眼中含着热泪，他们知道，儿子的人生打开背后的一页。司徒强带着家人的期望和自己的梦想，走进了县城的高中。

县城的高中和山村的学校有着天壤之别。这里的教学设施先进，师资力量雄厚，同学们也都非常优秀。司徒强再次感受到了压力，但他并没有被压力压垮。他依然保持着自己在山村时的学习习惯，每天早起晚睡，刻苦学习。他知道，这是他人生马拉松中的又一段赛程，他不能放松。

在高中的学习过程中，司徒强面临新的挑战。课程难度增加，学习节奏加快，竞争也更加激烈。他的一些科目成绩出现了下滑，尤其是物理和化学。这两门学科对于司徒强来说就像是两座难以逾越的大山，复杂的公式和抽象的概念让他感到头疼。但是，司徒强没有退缩。他利用课余时间找老师请教问题，参加学校举办的免费课外辅导班，还和同学们组成学习小组互相讨论、互相帮助。

有一次，司徒强在做一道物理难题时，算了整整一个晚上都没有得出正确答案。他的眼睛布满了血丝，疲惫不堪，但他仍然不愿意放弃。直到第二天清晨，当他终于算出答案的那一刻，他兴奋得差点跳了起来。这种通过自己的努力克服困难的喜悦，让他更加坚定了继续前进的决心。

高考的日子越来越近，司徒强的学习压力也越来越大。他每天都在题海中奋战，几乎没有休息的时间。然而，长期的劳累让他的身体有些吃不消。在临近高考的一次模拟考试中，他突然生病晕倒在了考场上。这一突发事件让司徒强的老师和同学们都为他捏了一把汗。

但是，司徒强并没有被病魔打倒。他在医院里一边接受治疗，一边坚持复习。他把病床当成了书桌，书本和试卷堆满了床头。他的父母想让他放弃高考，等身体完全恢复后再考，但司徒强坚决不同意。他说："我等这一天等了太久了，我不能因为这点小挫折就放弃。"

高考的日子到来了，司徒强带着病体走进考场。他的身体虽然虚弱，但意志无比坚定。在考场上，他发挥出了自己的最佳水平。高考成绩公布后，他被一所重点大学录取了。

司徒强的故事传遍了整个小山村，他成为村里孩子们学习的榜样。他用自己的亲身经历证明了，不能选择出身，但可以选择人生。不要以起跑线太靠后为借口安慰自己，因为人生是一场漫长的马拉松，拼的不是起点，而是你的坚持。

司徒强的故事就像一颗种子，播撒在每一个不甘命运摆布的人的心中。无论我们的出身如何，无论我们在人生的起点上遇到多少困难和挫折，只要我们怀揣梦想，坚持不懈地努力，就一定能够书写属于自己的精彩人生。

欧春的家庭并不富裕，父母都是普通的工人，每天为了维持生计在工厂里辛苦劳作。他们的生活就像小镇上那终年不变的石板路，平凡而又单调。但父母对欧春寄予厚望，希望他能通过读书改变命运。

欧春曾经是个充满梦想的孩子。受爱玩游戏的同学的影响，他渐渐迷失在现代科技的诱惑之中。手机成了他最亲密的伙伴，他成天刷着短视频，沉浸在那些碎片化的娱乐中。小小的屏幕仿佛是吃人的黑洞，将他的青春和梦想一点点吞噬。

他的房间总是拉着窗帘。昏暗的光线中，他一整天宅在家里追剧。那些虚构的剧情在他眼中成了生活的全部，他跟着剧中的人物或喜或悲，却忘记现实的真实生活。他也热衷于上网打游戏，在虚拟的游戏世界里，他是英勇的战士，是无敌的侠客，享受着胜利带来的短暂快感。而学习，早已被他抛诸脑后。

欧春的成绩一落千丈。老师多次找他谈话，劝他珍惜时光，努力学习。老师说："欧春，你是个聪明的孩子，可你现在这样荒废学业，以后会后悔的。如果你成天都刷着手机，宅在家里追着剧，天天上网打游戏，做着那些 80 岁以后都能干的事，那你要青春做什么呢？"欧春只是敷衍地听老师的教导，心中并没有真正在意。

欧春的父亲受了伤，干不了活，只能在家休息。家里的经济来源一下子减少了许多，生活变得更加拮据。看着父亲受伤的腿和母亲日益增多的白发，欧春心中第一次有了一丝触动。但这种触动很快被游戏淹没，他依旧沉浸在自己的世界里。

有一天，欧春在镇上遇到了一位多年不见的邻家大哥哥。他的家庭条件和欧春家差不多，但大哥哥从小就刻苦读书，凭借自己的努力考上了大学，如今在大城市里找到一份很不错的工作。大哥哥问欧春的情况，他如实说了。

大哥哥很是惋惜，对欧春说："小弟，现在有很多好玩的东西诱惑着你，但你要知道，这些短暂的快乐会毁了你的一生。假如你的命运是世界上最烂的编剧，那你就要做自己人生最好的演员。你不能任由自己这样堕落下去！"

欧春抬起头，心中涌起一股复杂的情绪。他想起了自己小时候的梦想，那时候他想成为一名科学家，探索宇宙的奥秘。可是现在，他离那个梦想越来越远了。他也想起父母重重的叹息，对他寄予的厚望。

他开始反思自己的生活，意识到自己一直在浪费宝贵的青春。他决定改变自己。他把手机锁进抽屉里，拉开紧闭的窗帘，让阳光重新照进房间。他重新面对曾经让他头疼的书本。

他坐在那张简陋的书桌前，翻开书本学习。那些复杂的公式和难懂的课文就像一道道难以逾越的鸿沟，横在他的面前。有时候，他会因为一道数学题解不出来而懊恼地抓头发；有时候，他背诵一篇课文背了很久都背不下来，急得泪水在眼眶里打转。但是，欧春没有放弃。他知道，这是他自己选择的道路，他必须坚持下去。

每当他泄气的时候，就想起了自己的父母，他们每天那么辛苦地工作，就是为了给自己创造一个好的学习环境；他也想起了邻家大哥哥的话，他不想再做一个被命运摆布的人，要成为自己人生的主宰。

在这个过程中，欧春深刻地体会到了为什么很多人宁愿吃生活的苦，也不愿吃学习的苦。学习的苦需要他主动去吃，他要克服自己的懒惰、克服自己对舒适的渴望，不断地逼迫自己去理解那些复杂的知识。

欧春的努力开始有了回报。他的成绩逐渐提高，在班级里的排名也慢慢上升。同学们都惊讶于他的改变，老师也对他露出了欣慰的笑容。欧春并没有满足于此，他知道自己还有很长的路要走。

中考来临的时候，欧春充满信心地走进考场。他在考场上沉着冷静，每一道题都认真作答。他以优异的成绩考上了一所重点高中。这个消息在小镇上引起了轰动，欧春的父母激动得热泪盈眶。

进入高中后，欧春更加努力。他知道，这是他走向未来的关键一步。高中的课程更加繁重，竞争也更加激烈，但欧春就像一艘在暴风雨中航行的船，始终坚定地朝着自己的目标前进。他每天都会在教室里学到很晚，在知识的海洋里不断遨游。

三年的高中生活转瞬即逝，在高考的战场上，欧春凭借着扎实的知识和稳定的心态，取得了优异的成绩。他收到了一所知名大学的录取通知书。

在大学里，欧春依然没有放松对自己的要求。他积极参加各种学术活动，和同学们一起做研究项目。他的视野变得更加开阔，对未来也有了更清晰的规划。他想要继续深造，将来成为一名优秀的科研工作者，为社会的发展做贡献。

多年后，欧春站在自己的实验室里，回想起自己曾经荒废的青春，心中充满了感慨。如果当初他没有觉醒，没有努力改变自己，他现在可能还在小镇上浑浑噩噩地度日。而如今，他能够在自己热爱的领域里追求梦想，这一切都得益于他当年的拼命努力。

欧春的故事就像一盏明灯，照亮了那些还在迷茫中的年轻人的道路。青春是宝贵的，我们不能把它浪费在那些无意义的事情上。如果我们成天刷着手机、宅在家里追剧打游戏，那我们的青春就失去了它应有的价值。我们只有通过努力学习，主动去吃学习的苦，才能避免在未来吃更多生活的苦。未来的你，一定会感激如今拼命的自己。

游戏可随时玩，
但中考仅一回

吕小辉聪明伶俐，自幼便展现出过人的天赋。小辉的成绩很好，老师对他寄予厚望。升上初二那年，父母到外地开工厂，留下他与奶奶在家乡生活。

父母为了安慰小辉，特意买了一部最先进的电脑供他使用。一开始，他用电脑查阅资料。有一次，电脑突然弹出一个游戏，他好奇地点开。这一点可不得了，他看到一个全新又充满诱惑的世界。他感觉玩游戏比学习好玩多了。

每天放学回家，小辉总是迫不及待地扔下书包，冲向电脑桌，熟练地打开电脑，登录游戏。在游戏的虚拟世界里，他是英勇的战士，是无敌的侠客，享受着胜利带来的虚荣。奶奶见他把自己关在房间，以为他在学习，也就没问什么。

在无人管的环境下，小辉如脱缰的野马在游戏世界里狂奔，深陷其中无法自拔。学习成绩如同坐滑梯一般，飞速下降。老师多次找他谈话，每次他都低着头，一副认真听着老师教诲的样子，心中却想道：这有什么大不了的，以后还有时间学习，现在先玩个痛快。

回到家后，他依旧沉浸在游戏中，把作业和学习任务忘个精光。

吕小辉的同桌劳莉，成绩在班级里名列前茅，她的梦想是考上重点高中，然后进入一流的大学。劳莉深知学习的机会来之不易，每天都认真地完成作业，并且抽空阅读大量的课外书籍来拓宽自己的知识面。她看到吕小辉整天沉迷于游戏，心中很是惋惜。

　　有一次，劳莉对吕小辉说："你不能再这样沉迷游戏了，中考马上就要来了，这是我们人生中的一个重要转折点啊！"吕小辉却满不在乎地回答："怕什么，游戏不大就升不了级，而且中考还早着呢，以后我再努力也来得及。"劳莉无奈地摇了摇头。

　　初三的上学期结束了。吕小辉的成绩惨不忍睹。看着那满是红叉的试卷，吕小辉心中隐隐有了一丝不安。但这种不安很快就被他抛到脑后，因为寒假到了，他可以有更多的时间打游戏了。

　　寒假期间，劳莉每天都会早起背单词、做习题。而吕小辉则黑白颠倒地玩游戏，饿了就随便吃点东西，困了就趴在电脑桌上睡一会儿。他总是对自己说："明天再开始学习吧，今天先玩个够。"就这样，一个寒假就在游戏中过去了。

　　新学期开始了，大家都进入了紧张的备考状态。班主任找小辉谈话，叮嘱他最后一个学期了，不要再沉迷于游戏，要好好学习。老师语重心长地说："游戏随时都能打，但中考只有一次！"

　　父母也批评他，小辉向他们保证不再玩游戏了。

　　吕小辉想把精力放在学习上，却发现自己根本跟不上老师的节奏，那些曾经熟悉的知识变得陌生了，新的知识更是像天书一样难以理解。他学得十分吃力。他开始有些慌了。游戏中的那些精彩画面又在他脑海中浮现，诱惑着他先去玩一会儿。他想：反正我也来不及了，还不如打游戏放松一下。就这样，他在学习和游戏之间挣扎，时间却无情地流逝。

　　看到吕小辉的困境，班主任又找他谈话。他说："老师，太晚了。"

老师说："小辉，现在努力还不晚，只要你肯下功夫，还是有机会的。你总是习惯把学习推给明天，把希望寄托给未来的自己，可你有没有想过，当下的你才是真的你。如果现在不改变，最后你输掉的不只是学习，还有你本该拥有的灿烂人生。"

中考到来了，吕小辉怀着忐忑的心情走进考场。当他看到试卷上的题目时，心中满是懊悔。不少题目他都似曾相识，却又无从下手。而劳莉则胸有成竹地答题，她的努力在这一刻得到了回报。

中考成绩公布了，吕小辉因为成绩太差，只能进入一所普通的职业学校。他站在学校的宣传公布栏前，看着那些考上重点高中的同学名单，心中五味杂陈。

劳莉又鼓励他，并给他讲一个励志故事。那个故事就像一束光照进了吕小辉的内心，他决定重新开始。他不再沉迷于游戏。虽然职业学校的学习环境和重点高中不同，但他努力学习专业知识，积极参加各种社会实践活动。他知道，自己已经错过了一次重要的机会，不能再让自己的人生继续沉沦下去。

吕小辉的转变让他的老师和同学们都感到惊讶。他用自己的经历告诉身边的人：游戏随时都能打，但中考却只有一次。我们不能总是把学习留给明天，不能总是寄希望于未来。当下的我们才是塑造未来的关键，如果错过了当下，就可能输掉整个美好的人生。

这个故事就像一面镜子，映照出许多青少年的现状。在这个充满诱惑的时代，我们很容易迷失在短暂的快乐中，忘记了自己的长远目标。然而，人生的关键节点就像中考一样，一旦错过，就难以弥补。每个人都应该珍惜当下的时光，努力读书学习，为自己的未来打下坚实的基础，不让自己的人生留下遗憾。

劳莉生长在一个普通家庭，父母深知生活的艰辛，所以把所有的希望都寄托在培养劳莉的学习上。

劳莉却有着自己的想法，觉得读书是一件枯燥乏味的事情，那些密密麻麻的文字就像一群小蚂蚁，在她的眼前爬来爬去，让她心烦意乱。

小时候，劳莉是个聪明伶俐的孩子，她有着天马行空的想象力。每当老师在课堂上讲述那些历史故事或者科学知识的时候，她的脑海里都会浮现出一幅幅奇妙的画面。可是，随着年龄的增长，学习任务逐渐加重，她开始对读书产生了抵触情绪。

看到那些成绩好的同学整天埋头苦读，劳莉觉得他们活得太累。她心想：人生就应该自由自在的，为什么要被这些书本束缚呢？于是，她开始在课堂上偷偷看小说，那些充满奇幻情节的小说让她沉浸其中，无法自拔。她的成绩也因此一落千丈。

老师多次找劳莉谈话，告诉她读书的重要性。老师说："劳莉，你是个很有潜力的孩子，只要你肯努力，将来一定能有一番作为。你这样下去，以后会后悔的。"劳莉却不以为然，昂着头，倔强地说："我才不要过那种只知道读书的生活，我有自己的想法。"

回到家后，父母看着劳莉的成绩单，脸上满是忧虑。父亲默默地坐在椅子上，抽着烟，烟雾缭绕中，他的眼神里全是无奈。母亲则拉着劳莉的手，苦口婆心地说："孩子，我们没什么文化，只能干些体力活。我们不想让你以后也这么辛苦，你要好好读书，不像我们那样吃没文化的苦！"劳莉看着父母粗糙的双手和疲惫的面容，心中微微一动，但很快，她那倔强的脾气又上来了，她说："你们不懂，读书不是唯一的出路，我以后肯定能过上好日子的。"

劳莉依旧我行我素。她开始和一些不爱读书的同学混在一起，整天在小镇的街头闲逛，觉得这样的生活潇洒自在。劳莉认为，这才是她想要的青春，自由自在，无拘无束。

劳莉初中毕业了。由于成绩太差，她没有考上高中。看着同学们一个个兴高采烈地去上高中，准备迎接新的挑战，劳莉第一次有了失落感。但她很快就安慰自己：没什么大不了的，不上学我也能过得很好。

劳莉跟几个没考上高中的同学一起去深圳打工。她的第一份工作是在一家餐厅当服务员。刚开始的时候，她还觉得很新鲜，每天穿着整齐的工作服，在餐厅里忙碌着。可没过多久，她就感受到了生活的压力。餐厅的工作非常辛苦，每天要站很长时间，还要忍受顾客的各种刁难和抱怨。她的脚磨出了水泡，手也因为经常洗盘子而变得粗糙。

有一次，一位顾客因为饭菜上得慢了一些，就对劳莉大发雷霆。劳莉觉得很委屈，泪水在眼眶里打转，但她只能强忍着，不停地向顾客道歉。那一刻，她想起了自己在学校里的日子，那些坐在教室里读书的时光似乎变得遥远而又美好。她突然意识到，原来生活的苦是这样的难以忍受。

劳莉开始怀念读书的日子。她想起老师的那些话，心中充满了悔恨。她想，如果当时自己不那么倔强，听得进老师和父母的话，好好读书，现在的自己会不会不一样呢？可是，人生没有如果，她只能默默地接受自己的选择。

劳莉换了一份工作，去了一家工厂。工厂里的工作更加单调乏味，而且环境非常恶劣。她每天要在机器的轰鸣声中工作十几个小时，脸上总是沾满了灰尘和油污。她的身体变得疲惫不堪，精神也越来越消沉。

有一天，劳莉在工厂里遇到了以前的同学小敏。小敏穿着得体的衣服，脸上洋溢着自信的笑容。劳莉惊讶地发现，小敏已经是一名大学生了，她是利用暑假来工厂做调研。小敏看到劳莉的样子，心中也很是感慨。她说："劳莉，你知道吗？读书虽然辛苦，但是它能给我更多的选择。你现在这样吃生活的苦，当初为什么不愿意吃学习的苦呢？"

劳莉低下头，轻声说："我现在后悔了，可是已经来不及了。我当时太倔了，总觉得自己是对的，现在才明白自己错得有多离谱。"

小敏拍了拍劳莉的肩膀，说："其实现在也不晚，你可以重新开始学习啊。现在有很多成人教育的机会，只要你有决心，还是可以改变自己的命运的。"

劳莉听了小敏的话，心中燃起了一丝希望。她报名参加了成人高中的课程，开始利用业余时间学习。刚开始的时候，她觉得非常吃力，毕竟已经很久没有接触书本了。但是，她想起自己在生活中所遭受的那些苦，就咬咬牙坚持了下来。

她每天下班后，拖着疲惫的身体回到宿舍，就开始坐在书桌前学习。她的舍友们都在看电视或者聊天，而她却沉浸在读书的世界里。她的眼睛常常因为疲劳而布满血丝，但她的眼神中却透着一种坚定。她知道，这一次，她不能再放弃了。

劳莉看到曾经的同学，他们凭借着自己的学识，在各自的领域里发光发热。他们有着稳定的工作、舒适的生活环境，能够自由地追求自己的梦想。而她，却只能在生活的底层挣扎，为了温饱而奔波。这种对比，让劳莉心中的遗憾如同野草般疯狂生长。

被生活啪啪打脸之生，劳莉终于明白了，学习虽然是一件需要付出努力、需要克服困难的事情，但它就像一笔对未来的投资。学习的苦，需要人们主动去品尝，需要克服自己的惰性。而生活的苦，却是在人们毫无防备的时候汹涌而至，让人们无力招架。

如果当时劳莉能放下倔强，听从长辈的劝告，用心去读书，也许现在她就能有更多的选择。她可以选择自己喜欢的工作，可以在一个充满知识氛围的环境里继续成长。过去的错误已经无法挽回，留下的遗憾只能靠她努力去弥补。

周安逸和陈伟强生活在一个偏远的小镇上。他们就像小镇上无数年轻人一样，怀揣着梦想，却又被生活的迷雾笼罩着。

周安逸是个机灵的孩子，从小就对周围的世界充满好奇。可惜，他的好奇并没有转化为对知识的渴望。在学校里，他总是觉得读书是一件枯燥乏味的事情，那些密密麻麻的文字像是一群烦人的小蚂蚁，让他无法集中精力。看到同学们埋头苦读时，他总是暗自想：读书有什么用呢？这个世界上有那么多没读书也成功的人。于是，他把更多的时间花在了玩耍和闲逛上。

陈伟强则不同。虽然没有过人的天赋，却深知读书是改变命运的一把钥匙。他家境贫寒，父母都是普通的劳动者，每天辛勤工作只为了能供他上学。陈伟强看在眼里，记在心里。他知道，自己没有退路，只有通过读书，才能走出这个小镇，去看看外面的世界。每天清晨，当第一缕阳光还未完全穿透晨雾，陈伟强就已经坐在书桌前开始读书背诵课文；夜晚，小镇上的灯火一盏盏熄灭，他还在昏黄的灯光下解着数学题。

时光匆匆，如同白驹过隙，周安逸初中没有毕业就辍学了。由于没有学历，只能在小镇上的工厂里做一些简单的体力活。每天，他站在轰鸣的机器前，重复着单调而又劳累的工作。他的衣服总是沾满油污，脸上写满了疲惫和无奈。随着工厂技术升级，需要的是有知识、懂技术的工人，周安逸由于缺乏知识储备，第一个被工厂抛弃。之后他又去工地找活干，可现代化的建筑施工也越来越需要有一定知识基础的人员操作机械和理解施工图纸，周安逸又不愿意学习，再次因为没文化被抛弃。他又尝试去做快递员，但快递行业逐渐智能化，操作电子设备和规划路线等工作他也难以胜任。就这样，他一次又一次被新的发展浪潮抛弃。

　　陈伟强，凭借着自己多年的努力读书，考上了一所知名大学。在大学里，他如饥似渴地汲取着知识的养分，参加各种社团活动，锻炼自己的能力。他积极参与各类学术竞赛，与团队成员日夜钻研课题，反复实验论证，在一次全国性的科技创新大赛中，他们提出的环保节能方案，凭借创新性和可行性，击败了众多强劲对手，荣获一等奖。这一荣誉为他打开了通往更广阔平台的大门。毕业后，他顺利地进入了一家大型企业。初入央企，面对复杂的项目，他运用扎实的知识基础，冷静分析，提出独到见解。在负责一个跨国合作项目时，陈伟强克服语言和文化差异的障碍，深入研究国际市场需求，带领团队优化项目方案。经过数月的努力，项目不仅提前完成，还为公司节省了大量资金，创造了高额利润。他也因此得到公司高层的赏识，迅速晋升，在事业上取得了巨大的成功，实现了自己的人生价值。

　　陈伟强回小镇过春节遇到周安逸。聊起各自的经历，周安逸心中满是羡慕和懊悔。他说："我真后悔当初没有好好读书啊！现在我就像被困在笼子里的鸟，没有一点自由选择的权利。"陈伟强拍了拍周安逸的肩膀，语重心长地说："其实，我们每个人都有改变命运的机会，关键在于是否愿意投资自己。读书就是对自己最好的投资，当你放弃读书的时候，你就放弃了投资自己的机会，也就浪费了自己的生命。但只要你愿意开始，什么时候都不晚。"

陈伟强的话像一记重锤，敲在周安逸的头上。普通人家的孩子不好好读书，大概率在生活的底层挣扎，等待被命运选择。而读书，就像是打开一扇通往无限可能的大门的钥匙。它让人们有选择的权利，能够主动地去塑造自己的命运。

我们的生命是如此宝贵，每一分每一秒都在悄然流逝。如果不把时间花费在提升自己上，那就如同把珍珠扔入大海，白白浪费了自己的价值。所以，请相信，无论你现在身处何种境地，只要你愿意拿起书本，开始投资自己，你就已经迈出了改变命运的第一步。就像陈伟强一样，用读书来点亮自己的人生之路，在这个充满机遇和挑战的世界里，掌握自己的命运。

多读书，读好书吧！在书籍的海洋里汲取智慧的养分，用知识武装自己，摆脱被命运选择的被动局面，去主动书写属于自己的辉煌篇章。

吕强和吕文有几个"同"：同村同龄同桌。两人的成绩都差不多，关系也很好。他们一起考到镇里上初中。村里有一些像他们这样年纪的孩子无心上学，早早辍学去打工了。吕富就是这样。他打工有了点钱，回家过春节时请吕强吃饭。看吕富很豪气的样子，手里还有手机用，吕强很是羡慕他。

吕富对吕强说："你不要读书了，浪费钱。村里的李华大学毕业了，还不是去打工？白白浪费这么多钱。你现在去打工，比你的同学早挣几年钱，合算得很呢！"吕强觉得他说得有道理。

吕强跟父母说不打算读书了，想去打工。没文化的父母觉得儿子早早出去打工，能帮家里赚钱，就马上同意。吕强去找吕文，约他一起去打工。吕文不同意，还劝他不要那么早去打工，说将来大把机会打工，先读书。两人谁都说服不了谁，各走各的路。就这样，初中还没毕业的吕强就跟吕富去东莞打工了。

吕富帮吕强在建筑队找到一份工，每天的工作就是搬运建筑材料、搅拌水泥。

过年的时候，吕强回到了小镇，见到了吕文。吕强咧着嘴，露出一口被烟熏黄的牙齿，拍着吕文的肩膀说："你看我现在每天都能赚不少钱，你还在读书有啥用呢？还不如跟我出去打工。"吕强心里想着，自己在工地上虽然辛苦，但是每个月都能拿到钱，实实在在的，吕文读书费钱不说，还看不到什么前途。吕文看着吕强粗糙的双手和晒得黝黑的脸，平静地说："老师说，读书能改变命运，能让我有更多的选择，以后也许能做不一样的工作。"吕文心里清楚，读书是一条漫长而孤独的路，坚信知识会改变命运。

吕强在建筑队里，渐渐习惯了每天按部就班的体力工作。他的生活被工作填满，每个月拿到工资后，就去小饭馆吃一顿好的，喝点小酒。

有一次，吕强回乡探亲，又遇到吕文。吕强晃着手里的酒瓶，涨红着脸，额头上青筋暴起，对吕文说："你看你读书读得人都瘦了，还那么孤单，哪有我在工地上和工友们一起热闹。"吕强心想，自己在工地上虽然累，但是大家一起说说笑笑，一天就过去了，吕文整天死读书，没人陪他玩，多无趣啊！吕文微微皱了下眉头说："书是我最好的伙伴，我不孤独。"吕文在心里对自己说，现在学习的知识就是自己走向未来的敲门砖，现在的孤独是值得的。

"知识有啥用？能当饭吃？"吕强很不屑，觉得吕文就是在浪费时间，又劝他跟自己一样早点去赚钱。吕文挺直了脊背，说："以后会有用的，我相信。"

吕强在工地上，偶尔也会和工友发生争执。有一回，他因为一点小事和工头吵了起来，差点丢了工作。吕文知道后，劝吕强说："你在外面要克制自己的脾气，不要冲动。"吕强瞪大了眼睛，眼睛里布满血丝，喘着粗气说："我凭什么要忍？我又没错。"吕强心里窝着火，觉得自己在工地上这么辛苦，凭什么要受气，自己就是咽不下这口气。

吕文劝吕强："有时候忍一忍，就不会给自己带来更多麻烦。"他在学校里，早就学会了克制自己的欲望。当同学们出去玩的时候，他拒绝了诱惑，继续留在教室里学习。他知道自己没有资本去挥霍时间。他还学会了独立思考。在课堂上，他不满足于老师讲的内容，总是自己深入探究问题的本质。

吕强在建筑队一干就是好几年，他的身体因为长期的重体力劳动开始出现问题。他想换工作，可是他发现自己除了体力劳动，没有其他技能。吕强心里很委屈，觉得自己这么拼命，又能吃苦，却没有得到好的回报。他开始抱怨命运的不公，但没有后悔早早出来打工。

吕文经过多年的努力学习，考上了大学。在大学里，他依旧没有放松。他积极参加各种实践活动，有时候会遭到别人的误解和嘲笑。

研究生毕业后，吕文进入了一家大公司。他业务水平高，人又积极肯干，不久便得到了晋升。他的生活逐渐改善，也有能力更好地回报家庭。而吕强还在各个工地之间辗转，寻找着勉强维持生计的工作。

吕强回村过春节，又遇见吕文。他们有两年没见面了，忍不住细细打量对方。

吕强的头发总是乱蓬蓬的，像是一丛未经打理的杂草。皮肤黝黑，粗糙得如同老树皮一般，脸上刻满了岁月的痕迹，看起来比实际至少老十年。那双手，宽大而厚实，布满了老茧和伤痕，每一道纹路里似乎都藏着在建筑工地上劳作的故事。

吕文则肤色白皙，棱角分明，眉眼间透着一股沉静和坚毅。眼睛明亮而有神，整个人看起来精神抖擞，意气风发。

"到我家坐坐吧！"吕文盛情邀请吕强。来到吕文的家，看到他给父母建的三层小别墅，吕强又羡慕又懊悔，苦着脸说："吕文，我现在想换个工作，可我没有文凭，没文化，找不到好工作。我真后悔当初没听你的话。"

吕文轻轻拍了拍吕强的肩膀说："现在开始也不晚，你可以学习一些新的技能。"吕文真心希望吕强能振作起来，不要放弃。

吕强无奈地摇了摇头，那干裂的嘴唇微微颤抖，说："我都这么大年纪了，还怎么学啊？我还是到工地搬砖吧！唉，我打工比你早，却走得比你慢！可惜世上没有后悔药。"

"搬砖太辛苦了，你还是找一份轻松一点的工作。"吕文说。吕强凄然一笑说："我记得老师曾说过，吃不了读书的苦，就吃生活的苦。我以前还不相信。现在信了，却晚了。世上要是有后悔药就好了！"

从吕强和吕文的故事中可以看出，有些人以为自己能吃苦，其实只是能吃体力的苦。真正能拉开人与人差距的，是独立思考吃脑力的苦，克制忍耐吃自律的苦，读书学习吃孤独的苦，能屈能伸吃尊严的苦。仅仅靠体力劳动，可能会在短期内获得一些收入，但从长远来看，缺乏对其他方面的磨砺，就很难有更大的发展。一个人如果想要走得更远，就不能只满足于吃体力的苦，而要勇于挑战自己，去吃那些能提升自己内在品质和能力的苦。

## 父母为可你的手机买单，但人生要自己走

李宇是典型的"富二代"，家境优渥。父母忙于生意，对他的物质需求有求必应。在他的房间里，摆满了各种高科技产品，其中最让他爱不释手的便是那部最新款的智能手机。

李宇的生活被这部手机牢牢掌控。从清晨睁开眼的那一刻起，他就迫不及待地拿起手机，刷着短视频，沉浸在那些碎片化的娱乐中。上课时，他的心思也全在手机里的游戏和社交软件上，学习成绩常是全班倒数第一。老师们多次找他谈话，他总是敷衍了事，漫不经心地说："反正我爸妈会给我安排好一切的，学习有什么用呢？"

李宇的同桌叫陈小涵，家庭并不富裕，父母都是普通的工人，靠着微薄的工资维持生计。小涵的家里只有一部破旧的老人机，那是父母为了方便联系她才买的。小涵知道，自己没有李宇那样优渥的条件，能依靠的只努力读书，以知识改变命运。

小涵每天都早早起床，借着晨曦的微光学习。节假日，她也不会像其他同学那样去玩耍，而是直奔图书馆。在图书馆那安静的角落里，她沉浸在书籍的海洋里，从《论语》中汲取为人处世的智慧，从名人传记

里感受那些伟大灵魂的奋斗历程。她的心中有一个坚定的信念："我要通过读书改变自己的命运，我不能辜负父母的期望。"

有一次，学校组织了一场演讲比赛，主题是"梦想与奋斗"。李宇本不想参加，但在班主任的催促下，才勉强报了名。他想随便应付一下就好了。而小涵则视之为一个展示自己的好机会，精心准备了演讲稿。她在演讲稿中写道："我们都知道，这个世界并不公平。有些人一出生就含着金汤匙，而有些人却要为了生活奔波。但没有人注定平庸，只有人甘于平庸。我没有富足的家庭，但我有梦想，有书籍为伴，我相信通过奋斗一定能实现我的梦想。"

比赛那天，李宇走上台，结结巴巴地念着自己临时拼凑的演讲稿，台下的同学都露出了失望的表情。而小涵上台时，神态自如，信心满满。她用富有感染力的声音讲述自己的故事，讲述那些从书中获得的力量。她的演讲深深打动了在场的每一个人，最终夺得了这次比赛的冠军。

小涵的演讲，在李宇的泛起一丝涟漪。他开始反思自己的生活，意识到自己一直以来都在虚度光阴。他想起自己的父母虽然能给他买昂贵的手机，给他提供舒适的生活环境，却无法为他的人生负责。他的人生道路，终究要靠自己去走。

从那以后，李宇尝试着改变。他开始减少使用手机的时间，把精力投入到学习中。然而，长久以来养成的坏习惯并非那么容易改掉。他总是忍不住想要拿起手机。每当这个时候，他就会想起小涵在演讲台上讲的那句话：父母能为你的手机买单，却不能为你的人生买单。

有一天，李宇在整理房间时，发现了一本被遗忘在角落里的书。那是一本关于成长与励志的书籍，他翻开书，看到这样一句话："少壮不努力，老大徒伤悲。"这句话像一把重锤，敲击着他的心灵。他想起了自己小时候也曾有过的梦想，想要成为一名科学家，探索未知的世界。可是，随着手机的介入，那些梦想都被抛诸脑后。

李宇决定重新出发。他制定了详细的学习计划，每天严格按照计划执行。当他遇到阻碍想要放弃的时候，他就会去读那些励志的书籍，从书中寻找坚持下去的力量。他渐渐发现，读书就像打开了一扇通往新世界的大门。

小涵并没有因为暂时的成功而骄傲自满，深知自己还有很长的路要走。她继续努力读书，在学习之余，还参加各种社会实践活动。她在社区里当志愿者，帮助那些需要帮助的人。她从这些活动中感受到了自己的价值，也更加坚定了自己要为社会做贡献的决心。

小涵和李宇互相鼓励，"功夫不负有心人"，李宇的成绩有了明显的提高。他不再是那个沉迷于手机的少年，而是一个充满朝气、积极向上的学生。他的转变让他的父母感到十分欣慰，同时也让他的同学们对他刮目相看。

高考来临，李宇和小涵都充满信心地走进了考场。他们知道，这是他们人生中的一个重要转折点。后来，小涵被一所重点大学录取，李宇考上了一所普通大学。

进入大学后，李宇选择了自己一直感兴趣的科学研究专业，整天泡在实验室里，跟着导师做研究，不断探索新知识。他发现，在这个充满挑战的学术世界里，自己之前所读的那些书都成为他前进的基石。而小涵则在大学中继续拓宽自己的知识面，她参加各种学术讲座，与不同专业的同学交流思想。她还积极参与公益项目，希望能把自己的爱心传递给更多的人。

多年后，李宇成为一名杰出的科学家，他在自己的研究领域取得了突破性的成果。小涵则成为一名社会活动家，她致力于改善贫困地区的教育和医疗状况。他们的故事成为许多年轻人学习的榜样。

这个世界确实存在着不公平，但这并不能成为我们放弃努力的借口。就像李宇和小涵一样，来自不同的家庭环境，但都通过自己的努力实现了自己的人生价值。父母能为我们的手机买单，能给我们提供物质上的支持，但无法为我们的人生买单。人生是一段漫长的旅程，需要自己去掌舵，而读书就是那照亮航程的灯塔，激励着我们不断前行，让我们远离平庸，走向卓越，书写属于自己的精彩人生。

# 后记

　　这是我多年创作的结集。当你阅读至这本书的最后一页，或许心中会涌起许多感慨。这本书中的故事和感悟，是我一路走来的收获与思考。

　　在创作的过程中，我不断回忆起那些激励过我的名人故事。比如，海伦·凯勒在双眼失明的情况下，依然以顽强的意志，通过盲文学会了多种语言，并成为著名的作家和教育家。她的坚持和勇气让我深受鼓舞。同时，我也看到了身边许多青少年因为不珍惜读书的机会，等失去读书的机会，遭遇生活的毒打后才懊悔。我的学生小王，曾经沉迷于网络游戏，荒废了学业，后来在老师和家长的引导下，重新拿起书本，逐渐找到了人生的方向。希望读者（特别是青少年读者）能从这些故事中汲取教训，奋发向上。

　　阅读是一场永无止境的旅程，每一本书都是一扇通往新世界的门。当我打开一本历史书籍，就好像穿越时空，与古人对话；当我阅读一本科学著作，就如同进入了一个奇妙的多维空间，被未知的世界吸引。希望通过这本书，能让更多的人爱上阅读，在书海中找到自己的方向。

　　感谢作家陈华清对我的鼓励，感谢她百忙中抽出时间为此书作序。

　　感谢每一位读者的陪伴和支持，你们的阅读和反馈是我前进的动力。我期待着读者们在阅读这本书后，能够更加珍惜每一寸光阴，在阅读中不断充实自己，在成长的道路上，勇敢前行。读书吧，让我们的生命绽放出更加绚烂的光彩！